Sophie

Éric Robinne

Sophie

Éditions de Noyelles

Éditions de Noyelles,
avec l'autorisation des Éditions Nouvelles Plumes

123, boulevard de Grenelle, Paris

ISBN : 978-2-298-08352-1

Quelque part dans Paris

La claque fut magistrale.

La femme faillit perdre l'équilibre et se retint au bord du bureau proche. Ses cheveux étaient retombés en vrac sur son visage. Elle porta sa main droite sur la joue blessée et une larme emporta une partie de son mascara. Une stupeur incrédule déforma son joli minois.

En face d'elle, l'homme qui l'avait frappée entra dans une colère noire, en tournant sur lui-même avec des petits pas qui auraient pu ressembler à une danse. Mais une danse vaudoue…

Les mains dans les poches, il éructa, fou de rage :

— Je t'avais dit que je ne voulais plus te voir, jamais… Tu peux le comprendre ?

Elle hésita. Le visage démonté par la crainte et le désespoir. Puis osa :

— Calme-toi…

—Tu parles ! Tu veux que je me calme alors que tu joues ton parfait rôle de salope.

Voile d'incertitude. La femme faillit décrocher son regard des yeux de l'homme qui la méprisait, mais une poussée d'orgueil renforça sa détermination. Elle replaça ses cheveux derrière ses épaules puis reprit sur un ton glacial :

—T'as bien été content de la sauter la salope ! Et de lui faire un gosse… Non ?

—Oh ! Arrête tes conneries…

—Goujat !

—Ça suffit, bordel !

Un silence poisseux s'installa quelques longues secondes.

—Alors aide-moi ! reprit la femme.

—Arrête ! Combien de fois devrais-je te dire que ce gamin n'est pas le mien ?

—Pourtant, je te certifie que tu es bien le père.

—Faudra le prouver !

—Facile… un prélèvement de salive pour une analyse ADN, ça, tu sais faire ? Non ? réagit la femme.

—Tu n'y penses pas, j'espère ?

—Bien sûr que si. Comme cela, tu ne pourras plus esquiver.

—Oublie, tu veux ! Ce gamin n'est pas le mien et jamais je ne le reconnaîtrai.

—Donc tu avoues...

—Avouer quoi ?

—Que tu es le père puisque tu ne veux pas le reconnaître.

—Ça va ! Ne joue pas sur les mots, soupira l'homme.

—En attendant, que tu le veuilles ou non, ton fils aura bientôt quatorze ans et il commence à me coûter cher. Je ne peux plus l'assumer seule. Mon mari est mort...

—Tu l'as cherché !

—Fumier... Tu sais très bien qu'il a été piégé par les flics et qu'il s'est fait flinguer comme un lapin parce que en plus, ta bande d'enfoirés d'inspecteurs n'a pas été capable de rappliquer à temps. À cause de toi, je suis veuve et mère, qui plus est, de ton fils.

—Tais-toi ! Ton malade de mari n'est pas mort ! Il continue ses trafics de merde. Simplement, il ne voulait plus te voir. C'est normal vu ton comportement... J'aurais fait pareil !

—Salaud ! Tu n'es qu'une ordure... Il est mort, je te dis...

—On n'a jamais retrouvé son corps… Et tu le sais très bien !

—Non ! Toi et tes sbires, vous l'avez exécuté pour être tranquille et n'avoir pas de compte à rendre.

L'homme se tut et faillit la gifler à nouveau. Un rictus de haine avait envahi son visage mal rasé.

—Allez, fous-moi le camp ! Je t'ai assez vue !

—T'es pire que mon mari… Un vrai salaud ! Elle est belle la police… merde !

—N'en rajoute pas ! C'est toi qui m'as fait les yeux doux lorsque je n'étais que capitaine. Tu as été trop heureuse de te faire sauter. Je reconnais que je l'ai fait avec application et que j'en ai pris un certain plaisir. Tout ça parce que tu avais quelques idées tordues derrière la tête…

—Oh ! Arrête avec tes raisonnements foireux.

—Ben voyons… Madame se fait baiser par un policier honnête qui croit à un amour sincère mais il découvre que la dame en question voulait sauver son pourri de mari par n'importe quel moyen… Tu devrais comprendre que j'ai avalé cette nouvelle de travers… Non ?

—Peu importe… J'étais entre deux eaux. Alain n'était jamais là… Tu étais séduisant avec tes cheveux à peine grisonnants et tes quinze années de moins. Tu m'as si bien fait la cour…

—N'en rajoute pas… Je n'ai pas eu besoin de faire beaucoup d'efforts. Tu es tombée comme une mouche. Certes, je ne suis plus aussi fringant. Et je sens que tu veux me faire savoir que tout ça est de ma faute.

—Il faut aussi me comprendre.

—En attendant, à toi d'assumer…

—Mais… ton fils ?

—Je crois avoir déjà largement répondu à tes sollicitations. C'est non !

—Voyons, Christian, encore une fois, Ludovic aura bientôt quatorze ans et je ne peux plus répondre à ses besoins, ni à ses questions. Il faut que tu m'aides.

—Non ! C'est non. Es-tu capable de saisir ce que je te dis ?

—J'insiste. Aide-moi. Sinon…

—Sinon quoi ? Tu veux te lancer dans le chantage ?

—J'aurai ta peau d'une façon ou d'une autre !

—Et alors! Essaye, rien que pour voir! N'oublie pas que tu es du mauvais côté… Je suis flic! C'est moi qui serai écouté et bien sûr, cru. Ta parole ne vaut rien!

—Je pourrais… m'en prendre… euh… à ton équipe et avec un peu de chance, je pourrais trouver un événement qui te fasse tomber.

—Tu peux essayer. De toute façon, personne ne t'aidera! Même si tu as été un bon indic. Tout ça, c'est fini! La page est tournée. Et je suis à quelques mois de la retraite… Je m'en fous. Tu ne peux rien contre moi.

—Même…

—Même quoi?

—Même… même au risque d'être traîné dans la boue?

—Évidemment, si tu vas chercher les médias… Tout devient possible.

—C'est donc la guerre?

L'homme éclata de rire. Il balaya l'espace avec ses bras en rigolant, d'un rire gras, vulgaire, totalement mal venu.

Il s'arrêta et s'immobilisa tandis qu'un silence épouvantable les enveloppa de nouveau.

Le commissaire Kaspar observa la femme qui lui faisait face. Elle pouvait être redoutablement séduisante avec sa poitrine généreuse, ses formes agréables et bien proportionnées. La cinquantaine juste dépassée, Sophie Lestelle était totalement différente et ne ressemblait pas à la femme austère qui évoluait habituellement au sein des quartiers populaires de l'Est parisien. Kaspar réfléchissait au passé et à cet instant, il essayait de comprendre comment il avait pu céder aux charmes de cette femme. Elle avait bien ce joli petit minois, ces lèvres pulpeuses et cette chevelure anthracite qui enveloppait son regard de braise. Le cerveau du policier fut traversé par une pointe d'envie en fixant le sillon de ses seins, tellement séduisant. Il comprit comment il avait cédé...

Malgré ces quinze années passées, il constata qu'elle était encore bigrement attirante lorsqu'elle s'apprêtait comme elle l'avait fait pour leur rencontre. Il hésita et leva légèrement la main comme s'il avait voulu lui caresser le visage. Il s'abstint. Le regard de Lestelle le liquéfiait et il se sentit bien vulnérable. Au fond de lui, une alarme le rappela à la réalité et il lâcha brutalement :

—Si tu veux la guerre, alors je considère qu'elle est déclarée. Il ne faudra pas m'en vouloir si je la gagne…

—Dans le cas contraire ?

—N'oublie pas, Sophie, que je suis commissaire aujourd'hui. Tu n'auras aucune chance contre moi. D'autant qu'en ce moment, nous avons une nouvelle affaire particulièrement sérieuse qui fait que personne ne t'écoutera sur tes problèmes.

—Une affaire sérieuse ? Tu m'as toujours dit ça… Comme pour me faire taire… Ou mieux m'appâter !

—Je ne peux pas t'en parler. Mais je confirme que c'est suffisamment sérieux pour que toutes les autres affaires de la République passent en totalité au second plan. Alors, bonne chance !

—Désolée, Christian… Tu ne me laisses pas le choix, hésita à peine Sophie.

—Comme tu voudras ! Ne viens pas pleurer ensuite.

—Je le fais pour ton fils.

—Ce n'est pas le mien… Tant pis. Tête de mule… En attendant, je refuserai désormais toutes tes demandes de rencontres. Tu m'as bien compris ?

Elle éclata en pleurs, cherchant par tous les moyens une aide qu'elle savait impossible.

—Tu es sans cœur... T'es un vrai fumier, sanglota Sophie Lestelle dont le mascara prenait l'eau de toute part, dessinant de sinistres arabesques sur ses joues rosées.

Christian Kaspar ne lui tendit pas la main.

—Allez, on s'en va. On ne peut pas rester ici.

Malgré elle, Sophie se força à suivre le commissaire et l'accompagna pour sortir du bar. Le tenancier avait prêté une pièce à Kaspar pour cette rencontre. Ce dernier l'abandonna sur le trottoir de ce boulevard parisien. Il n'avait plus rien à lui dire. Il estima au fond de lui que Sophie Lestelle risquait peut-être de lui compliquer la tâche dans les jours à venir. Mais ce ne pouvait être qu'un épiphénomène. Il ne se retourna pas lorsqu'il obliqua dans la première rue adjacente.

Le commissaire aurait pourtant dû le faire...

Dans un autre bar du XIIe arrondissement

Sophie Lestelle était décomposée. L'homme qui lui faisait face était impassible. Elle triturait sa tasse à café entre ses doigts, en réfléchissant à cette nouvelle situation qui venait de la déstabiliser au plus profond de son être. Comment cet homme pouvait-il savoir ? Par quel moyen avait-il pu se procurer ces informations qu'elle était la seule à connaître ? La tempête qui l'habitait était un véritable ouragan de force cinq. Elle sentait la transpiration lui couler le long de la colonne vertébrale tandis que son cœur affichait un rythme de sportif en plein effort. L'homme s'en aperçut et sortit de sa poche un paquet de mouchoirs en papier. Masqué par des lunettes noires enveloppantes, Sophie était incapable de voir son regard. D'ailleurs, à quoi cela lui aurait-il servi ?

L'homme était trop anodin, et en même temps trop classique pour attirer une quelconque attention sur lui. Son costume gris n'était pas impeccable, il couvrait une chemise blanche tachée, et une cravate unie sombre vraisemblablement de mauvaise qualité, mal ajustée, fermait le col déboutonné. L'individu, à la barbe de trois jours, portait des gants en cuir qu'il ne quittait pas. Sophie observa qu'il était calme et respirait lentement. Aucun stress ne semblait le traverser.

—C'est ainsi, dit-il simplement après avoir vidé sa tasse.

Sophie Lestelle pensa aussitôt à son fils. Une vague d'inquiétude la parcourut. Elle essaya de ne pas trahir ses émotions. Mais elle savait que c'était en pure perte. L'homme savait… il savait… il savait l'incroyable !

—C'est imp… impo… C'est impossible… bafouilla-t-elle.

—Comme vous voudrez ! Mais n'utilisez pas d'arme à feu, ni de couteau. Ce serait trop vulgaire…

—Quoi ?

—Vous n'allez pas vous suicider…

Sophie Lestelle fut un peu plus déstabilisée... Elle tremblait de tout son être. Hésitante, elle reprit :

—Me suicider ?

—Ce serait dommage. Vous êtes encore désirable, répondit l'homme en souriant.

—Mais...

—Assez perdu de temps. Vous n'avez pas le choix.

—Voyons ! Réfléchissez ! Comment voulez-vous que je fasse ce que vous me demandez ?

—Vos relations... Utilisez vos relations !

Elle tremblait de plus belle. Une bouffée d'angoisse la submergea.

—Il ne voudra jamais ! Déjà qu'il refuse de m'aider...

—C'est votre problème.

Des larmes apparurent à la commissure de ses paupières. Elle fit un geste délicat pour les empêcher de couler. L'homme sourit. Sophie s'enhardit et reprit :

—Mais quel objectif servez-vous ?

Lourd silence.

Tremblement. Elle repoussa sa tasse et tira sur ses cheveux pour les regrouper sur ses épaules. Son visage était déconfit et son maquillage virait progressivement vers un décor à la Picasso. Elle voulut se lever. L'homme lui attrapa un poignet et serra lentement. Elle se rassit.

—Vous prendrez vos instructions lorsque je vous contacterai.

—Par quel moyen?

—Vous verrez...

—Si je refuse ou si je vous dénonce.

—Vous aimez votre fils, non?

Elle tenta de saisir son regard derrière ses lunettes noires. Elle le sentait peut-être un peu gêné par sa volonté. Elle reprit, déterminée:

—Quelle... quelle question stupide!

—Alors si vous voulez que votre fils vive paisiblement, obéissez! rugit l'homme en crissant des dents.

Sanglots.

—Le commissaire Kaspar... ne m'aidera pas. Il va me refouler.

—Mais non... Vous êtes trop habile pour cela.

Sophie Lestelle se mit à pleurer vraiment. Les perspectives qui s'ouvraient devant elle, ressemblaient de plus en plus à un champ de mines. Elle comprit que sa vie de femme libre allait bientôt s'arrêter et qu'elle finirait au fond d'une prison, quoi qu'il arrive... L'individu se leva et lui posa amicalement une main sur l'épaule qu'il tapota légèrement.

—Courage... C'est un mauvais moment à passer. Après, on s'y fait... J'ai l'habitude.

L'homme quitta le bar et s'éloigna en direction de la gare de Lyon. Il connaissait son secret et il était le seul à le connaître en dehors d'elle... Il avait le pouvoir de la manipuler. Cette simple pensée le fit frissonner. Il en ressentait un plaisir certain, un plaisir qu'il estimait proche de la jouissance. Désormais, il savait qu'il pourrait obtenir de cette femme, tout ce qu'il voulait.

Elle n'avait que ce qu'elle méritait.

Et sa vengeance serait totale.

C'était la bonne nouvelle de la journée.

Vers Charenton

Sophie Lestelle ne réussissait pas à se calmer. Elle venait de passer un après-midi de galère, dans les locaux de son entreprise comme employée du service des ressources humaines. Ce travail, elle y tenait comme à la prunelle de ses yeux, même s'il n'était pas très bien payé. Grâce à ce job, elle avait réussi à reprendre pied et oublier les dérives de son truand de mari. Et élever Ludovic du mieux qu'elle avait pu. Mais aujourd'hui, il lui coûtait de plus en plus cher avec ses besoins d'adolescent... Elle n'y arrivait plus ! Naïvement, elle avait cru que le père de cet enfant, le commissaire Kaspar alors capitaine, qu'elle avait croisé au cours d'une longue garde à vue de sa moitié, l'aiderait en reconnaissant leur fils. Hélas, il n'en était rien.

S'étant mise en couple trop jeune, simplement par plaisir, elle avait plutôt côtoyé l'homme qu'elle croyait être idéal, au lieu de devenir une sorte d'épouse. L'amour naissant faisait parfois des miracles. Avant que les dérives, l'alcool et la violence ne transforment leur couple en simple liaison banale et vulgaire. Au mépris de tous les codes, au point qu'elle avait assez vite compris que leur union filait dans une impasse sordide qui déboucherait sur la case prison.

Cette échéance, Sophie la redoutait, si bien qu'elle décida après une cuite mémorable qu'elle ferait tout pour l'éviter, si possible avec son homme.

Sinon, ce serait sans lui !

Depuis sa rencontre avec cet individu du bar, elle essayait de repasser en boucle sa vie. Sophie se contracta lorsqu'elle revit cette journée du 13 octobre 1979. C'était trente-cinq ans plus tôt. Elle faillit éclater en sanglot, mais se retint. L'émotion était trop intense. Ce secret, elle avait cru bêtement qu'elle pouvait l'oublier. Elle croyait qu'il était définitivement enfoui au plus profond de sa mémoire et qu'elle finirait par ne plus y penser. Mais cet inconnu avait ravivé la blessure au point de la fragiliser. Au sein de son travail, ses collègues s'étaient aperçus de son changement de comportement. Au cours d'une courte réunion de service de la mi-journée, elle était restée absente et n'avait pratiquement pas participé comme elle le faisait habituellement. Elle s'était contentée de sourire ou de répondre par onomatopées ! Tout le contraire de son attitude joviale habituelle. Sophie Lestelle avait perdu son entrain car la secousse qu'elle avait encaissée quelques heures plus tôt avait été trop brutale. Au fond d'elle-même, elle cherchait l'élément qui avait cloché dans son comportement et quelle erreur elle avait commise pour provoquer cette galère. Plus les heures passaient, plus elle languissait de rentrer chez elle pour vérifier...

Juste après un dernier briefing avec l'équipe et ce chef pointilleux, elle avait bouclé son bureau et s'était engouffrée dans les transports en commun aussi vite que possible. Trois quarts d'heure plus tard, elle pénétrait dans son appartement, presque paniquée. Sans attendre, elle jeta blouson et sac sur le canapé en se précipitant vers son ordinateur. Heureusement, Ludovic, son fils unique, n'était pas encore rentré et elle disposait de quelques moments pour examiner la situation.

Sophie mit en route l'appareil.

Attente...

Page d'accueil Windows, mot de passe.

Attente...

Ouverture du dossier « Documents ».

Puis un autre dossier « Privé ».

Encore un dossier baptisé « Z ».

Enfin ! Elle rechercha le fichier qui l'intéressait dans la liste.

La souris glissait à toute vitesse.

Pas plus de deux minutes s'étaient écoulées.

Le voici ! Un fichier simplement nommé par un code : 13101979.

Sophie double-cliqua dessus et une demande de mot de passe apparut. Elle compléta l'espace libre par sept étoiles et appuya sur la touche « entrée ».

Soulagement. Le fichier existait toujours. Rien ne semblait avoir changé. Comme il s'agissait d'une vidéo, elle prit le risque de lancer la lecture. Elle vit quelques images de mauvaise qualité apparaître, mais ne put se résoudre à regarder les cinq minutes du film. Elle arrêta la lecture et réfléchit. Une question revenait en boucle : « comment cet homme pouvait-il savoir ? » Sophie Lestelle referma le fichier et s'aperçut qu'une date apparaissait au moment de la fermeture. Intriguée, elle réfléchit puis fouilla dans son ordinateur pour afficher l'historique d'ouverture des divers fichiers. Lorsque celui-ci apparut sur son écran, elle fut accrochée par l'avant-dernière ligne. Une pointe au cœur l'étreignit aussitôt et une bouffée de chaleur l'envahit. Elle se rejeta sur le dossier de sa chaise, incrédule : le fichier à l'accès verrouillé avait été consulté le 10 novembre à 23 heures 16, soit moins de 72 heures, avant cette rencontre fatale ! Cette consultation ne pouvait avoir été effectuée que… par un inconnu ! Puisqu'elle n'était pas chez elle !

Sophie Lestelle tremblait de tout son être…

Elle se leva, paniquée. Elle rejeta ses cheveux en arrière et fit quelques pas dans tous les sens pour essayer de se calmer. Une boule d'angoisse l'étranglait et lui desséchait la gorge. Un instant, elle eut envie de hurler sa douleur. Elle passa à côté de la table roulante où étaient stockés quelques alcools. Elle prit un verre et se servit une grande rasade de cognac.

Un court instant, la brûlure de l'alcool lui fit du bien quand il descendit dans son œsophage, avant de la faire tousser. Elle mit un long moment à se reprendre et elle sentit que ses yeux pleuraient. Elle se regarda dans la grande glace accrochée au mur au-dessus du canapé. Ses yeux étaient rouges et trahissaient une peur intense. Elle tressaillit... Son passé lui remonta alors du plus profond de son cerveau. À lui faire mal !

Elle dut se rendre à l'évidence. L'homme savait ! Qui, pourquoi, dans quel but ? Comment avait-il appris son secret ? Ces questions trahissaient un pressentiment dramatique et hantaient sa conscience à un rythme d'enfer... Comment avait-il fait ? Le mot de passe ? Il fallait le changer ! Mais il savait le craquer... La peur l'enveloppait... Une peur qui glissait vers la panique. Celle qui broie et déstabilise au point de vous faire commettre des erreurs.

Le constat était sans appel :

C'était impossible ! Mais il savait...

Entreprise de Sophie Lestelle

Vêtue d'un pantalon noir et d'un col roulé de la même couleur qui moulait parfaitement ses formes, Sophie Lestelle était d'une humeur de chien.

Sa nuit avait été épouvantable. Lorsque Ludovic était rentré du collège, elle lui donna aussitôt l'autorisation de découcher chez son meilleur copain. Celui-ci en fut tout étonné mais ne demanda pas son reste et profita de cette chance inespérée pour aller faire une partie de jeu vidéo sur Internet.

Le message de cet homme qui avait décidé de la faire chanter en rapport à son passé, lui avait coupé toute envie de dormir. Elle avait passé la nuit à siroter des alcools forts en regardant des séries ineptes à la télévision.

Sophie avait voulu rester seule. Crises de larmes et crises de fou rire s'étaient succédé sans qu'elle comprenne vraiment dans quel pétrin elle était tombée... Et le petit jour arriva. Il fallait recommencer une nouvelle journée de galère au service du personnel.

Par défi, elle s'habilla en mettant tous les atouts de son côté : sexy et maquillée, elle débarqua dans son entreprise en arrachant sans surprise quelques sifflements de la gent masculine. Elle sourit dans un premier temps, avant de réaliser que cette journée serait encore plus délétère qu'elle ne l'avait imaginée.

Hargneuse et contrariée, elle ne supportait plus aucun regard et les moindres gestes ou paroles étaient prétextes à hausser la voix en se fâchant. L'ambiance dans son entourage était devenue étouffante au point qu'elle envisagea d'ajourner le traitement de ses dossiers en invoquant une indisposition.

Morte de peur à l'idée que son attitude soit sanctionnée, elle avait envoyé une réponse à l'homme du bar, très simple et laconique, à l'adresse mail qu'il lui avait indiquée :

« Le commissaire Kaspar est non joignable, pour une période indéterminée ».

Ne sachant que faire, elle s'était enfermée dans son bureau pour examiner les solutions qui s'offraient à elle. Sophie était restée longuement assise à son poste de travail en attendant une hypothétique réponse dans sa messagerie. Le résultat escompté ne se produisit pas. Déçue, elle se leva, croisa les bras et arpenta la pièce en réfléchissant. Dans son for intérieur, cette femme savait qu'elle était piégée et que tôt ou tard, elle serait obligée de rendre des comptes. Au fond d'elle-même, Sophie Lestelle était incapable de se résoudre à une telle solution. Lentement, elle comprit qu'il fallait qu'elle compromette son ancien amant, le père de son fils, le commissaire Kaspar.

Décidée, en fin de journée, elle sortit de son bureau et alla chercher un café serré. Elle ignora les tentatives de discussion proposées par les quelques rares collègues encore présents. Elle resta muette en paradant comme si elle allait s'offrir aux mâles qui la désireraient. Cette attitude lui faisait plaisir et le simple fait de provoquer l'afflux de testostérone chez les hommes, l'excitait. Instinctivement, elle ressentit une pointe de désir naître au creux de ses reins. Hélas, pour rien !

De retour derrière sa table de travail, elle se plongea dans la lecture de dossiers inintéressants. À défaut d'occuper autrement son cerveau. Mais, au fond d'elle-même, elle recherchait les traces de cette décision horrible qui l'avait ébranlée des années plus tôt et qu'elle avait dû semer par mégarde malgré de multiples précautions.

Rien n'y fit.

Elle décida de rentrer chez elle et de reprendre la chronologie des événements qui l'avait conduite dans cette impasse.

De longues heures plus tard, avachie sur son canapé, un verre de cognac à la main, elle revisitait cette détestable période de sa vie où elle avait été isolée du monde, dans des conditions inhumaines qu'aucun adolescent aujourd'hui ne supporterait. Toute cette épouvantable époque lui remontait en pleine figure, la plongeant en plein désarroi. Cette souffrance qu'elle croyait oubliée s'installait au cœur de son univers à nouveau sans prévenir, sans même la préserver. Elle enragea et s'effondra en sanglots… comme il y avait 35 ans. Le chagrin de Sophie avait alors été sincère et elle avait pensé un instant qu'elle devait interrompre la vie du petit être qui se développait dans son ventre. Avant d'évacuer cette idée stupide… mais qui allait lui coûter si cher, toutes ces années plus tard. Elle revivait ce moment crucial et en fixant le symbole qui désignait ce fichier maudit au cœur de son ordinateur, elle ne put empêcher les images de remonter du plus profond de son être. Elle laissa une nouvelle larme s'échapper en emportant un peu plus les restes de son maquillage.

Sophie se crispa soudain. Elle brisa le verre qu'elle tenait, un éclat lui coupant la chair du pouce gauche. Elle grimaça…

Elle se leva d'un bond et sa décision fut immédiatement prise. Il était impossible d'en rester là.

Sophie se précipita dans la salle de bains et se soigna comme elle put. Puis, elle se changea et enfila un chemisier immaculé pour exhiber un peu plus ses atours.

Dix minutes plus tard, elle prenait ses affaires et partit. Il fallait qu'elle rencontre le plus tôt possible le commissaire Kaspar.

Bureau du commissaire, en fin de journée

Sophie Lestelle avait réussi à obtenir une entrevue de quelques minutes avec le commissaire. Elle n'avait pas eu besoin d'insister beaucoup auprès du planton de service. Son charme et le caractère urgent de la situation, complétés par un faux prétexte, avaient déjoué les meilleures résistances de l'homme de l'accueil. Le rendez-vous avait été fixé dans le bureau de son ancien amant, histoire pour Sophie, de rester en terrain neutre. Elle attendait patiemment que la porte s'ouvre pour s'engouffrer dans cet antre, synonyme de sécurité et de pouvoir. Elle réfléchissait particulièrement à ce qu'elle devait dire à cet homme qui l'avait rendue mère, bien des années auparavant. Sophie n'était sûre de rien mais elle estimait que sa démarche pouvait en valoir la peine. Machinalement, un meuble dont les vitres renvoyaient son reflet atténué mais bien réel attira son attention. Elle vérifia son pansement puis gonfla la poitrine en tirant sur son chemisier blanc. Elle fit onduler sa chevelure et défit la pince qui la maintenait pour la réajuster. Des pas dans son dos claquèrent à peine sur le parquet sans qu'elle y porte intérêt.

—Tu es parfaite, dit une voix qu'elle reconnut aussitôt.

Elle se retourna, la pince entre les dents, les mains retenant ses cheveux en queue-de-cheval. Confusion.

—Je croyais t'avoir dit que je ne voulais plus te voir. Quel qu'en soit le motif! Que me veux-tu aujourd'hui? J'ai un dîner ce soir et je ne voudrais pas être en retard.

—C'est que...

—T'as un problème? C'est quoi ce pansement?

—Rien d'important...

—Alors, quel est ton «vrai» problème?

—C'est que... euh... répondit Sophie Lestelle d'une voix hésitante.

Le commissaire la toisa. Il était partagé entre le désir de la contempler en l'imaginant nue comme autrefois et un certain agacement synonyme d'écoute. Il réfléchit un instant et finit par l'inviter à entrer dans son bureau.

—Allez, viens me dire ce que tu veux que je sache, poursuivit Kaspar sur un ton froid et étrangement calme.

Sophie Lestelle laissa retomber ses cheveux sur ses épaules et replia la pince qu'elle conserva dans sa main gauche. Elle se sentait bête et subitement elle pensa qu'elle devrait partir au lieu de poursuivre. Hésitation. Le commissaire lui lâcha un petit sourire et lui fit signe en insistant. Pas de refus. Plus maintenant, c'était trop tard. Elle le précéda et attendit qu'il referme la porte de son grand bureau. Il lui proposa de s'asseoir, ce qu'elle fit. Il l'accompagna en faisant le tour de son bureau et s'appuya dessus avec ses coudes comme pour l'aider à parler. Sophie se gratta la gorge et commença :

—C'est difficile à dire…

—Voyons ! Je t'ai connue autrement plus entreprenante. Je t'écoute.

—C'est assez difficile à dire…

—Justement, raconte-moi tout et ça ira mieux. Autrefois, tu étais plus audacieuse. Mets-toi à l'aise…

Sophie fut perturbée. Que signifiait cette proposition ? Elle hésita en se crispant.

—C'est que…

Christian Kaspar réalisa et comprit la méprise. Il sourit en se frottant les mains.

—Écoute, Sophie. Tu es toujours séduisante et ton charme est ravageur. Mais franchement, si je dois être aventureux avec toi, je changerais de lieu. Tu ne crois pas ?

—Euh… oui, oui, bien sûr.

—J'ai l'impression que je te fais encore de l'effet.

Sophie se tut et fixa le regard de son ancien amant. Elle comprit malgré elle, qu'il ne lui faudrait pas grand-chose de sa part pour céder à ses avances. Elle se redressa et interrompit le petit intermède de séduction :

—Voilà… J'ai croisé un individu bizarre…

—Un individu bizarre, dis-tu ?

—Oui !

—C'est-à-dire ?

—Un individu… qui tente de me faire… euh… chanter.

—Chanter ? Tu veux dire que tu serais victime d'un chantage ?

—C'est ça.
—Et quel serait l'enjeu ?
—C'est… Ludovic.
—Ludovic ?
—Notre fils…
—J'avais compris !

Le visage du commissaire se durcit et il se redressa avant de s'enfoncer dans le dossier de son fauteuil. Ses yeux, tout à l'heure pétillants, étaient redevenus vides et froids. Les muscles de sa mâchoire se contractaient violemment dévoilant une profonde contrariété. Brutalement, il réagit sur un ton sec :

—Que veut ce type ?
—Il veut juste que tu rouvres le dossier de la congrégation du Bon Prélat.
—Rien que ça ! Et c'est tout ?
—Non. Il veut aussi de l'argent en guise de réparation.
—Combien ?
—Un million d'euros.
—Il ne s'emmerde pas. Et sinon ?
—Il menace de s'en prendre à Ludovic. Et à moi…
—D'accord. Et comment cet individu t'a-t-il jointe ?
—Il m'a accostée dans un bar.

— Tu l'as donc vu ?

— Oui.

— À quoi ressemble-t-il ?

— Banal, mal fagoté. Disons la trentaine... peut-être un peu plus. Des lunettes noires enveloppantes qui ne laissent pas voir les yeux. Des gants en permanence. Un costume crade. Une barbe de trois jours. Une cravate mal nouée sur une chemise blanche, sale... Un type anodin mais glacial.

— Aurais-tu relevé un nom, une donnée, un élément qui serait exploitable ?

— Je n'ai rien à part son pseudo et une adresse mail pour lui répondre : anonymus-79 et anonymus@free.fr.

Le commissaire nota les informations sur un bloc-notes.

— Comment le contactes-tu ?

— C'est lui qui doit me contacter. Il semble être un type habile car il est capable d'entrer dans mon ordinateur sans que je ne puisse l'en empêcher.

— Un hacker... Comme par hasard... Ton maître chanteur serait un hacker ! Mais ce n'est peut-être pas lui directement.

— Oui, peut-être.

— Pourrais-tu établir un portrait-robot ?

—Je crois que c'est dans mes cordes.

—Parfait. Tu vas t'y coller. En attendant, comment sais-tu qu'il est entré dans ton ordinateur ?

—Il m'a donné des détails qui sont enregistrés à l'intérieur que personne ne peut connaître.

—Pas même Ludovic ?

—Surtout Ludovic… C'est trop personnel.

—Je vois. Il connaît donc ta vie par cœur.

—Je n'irai pas jusque-là, mais il connaît des éléments suffisamment intimes pour me prouver qu'il est capable de tout.

Kaspar resta muet un long moment, la déstabilisant. Il balançait ses mains jointes lentement en tapotant son menton avec ses pouces. Ses yeux ne quittèrent pas un instant le regard de Sophie. Il se leva et fit le tour de son bureau pour s'asseoir sur le plateau face à son ancienne maîtresse.

—Je ne comprends pas une chose, Sophie. Pourquoi a-t-il fouillé ton ordinateur ? Qu'est-ce qui pourrait menacer la vie de ton fils… ?

—… notre fils, coupa Lestelle.

Le commissaire hésita, évita la remarque et poursuivit :

—Pourquoi menacer la vie de... Ludovic en fouillant ton ordinateur ? Est-ce qu'il t'a, au moins... donné des détails sur les habitudes de Ludovic ? Je ne sais pas... le trajet pour aller au lycée, le sport qu'il pratique, ses copains...

—Non. Il ne m'a rien donné comme indications le concernant.

—Étonnant ! Pourquoi donc ton ordinateur ? Il prend un risque. Il annonce ainsi sa capacité à être hacker... Sinon, il lui suffisait d'afficher une simple description des habitudes de Ludovic et le tour était joué, sans dévoiler sa face cachée. Il pouvait te coincer sans risque. Au lieu de ça, il s'intéresse à ton ordinateur... Surprenant ! Humm... Et pourquoi rouvrir ce vieux dossier de cette foutue congrégation ? Tout ceci ne me semble pas très cohérent.

Kaspar s'arrêta et observa Sophie. Il vit qu'elle pleurait. Une forme de pitié l'envahit.

—Ne t'inquiète pas. Je prends les choses en main.

Lestelle ne broncha pas, se contentant de renifler et d'essuyer ses larmes avec un mouchoir en papier. Le commissaire reprit :

—Ludovic, je crois bien que ce type s'en fout. Mmmmouais... Il y a quelque chose qui cloche... Il ajouta après un silence : Il n'a rien exigé d'autre...

—Mais non... Il n'a rien demandé d'autre, répondit-elle entre deux sanglots.

—Tu en es sûre ? reprit Kaspar en souriant ironiquement.

—Puisque je te le dis.

—Tu ne me retireras pas de la tête que cette situation est ambiguë.

—Et alors ?

—Alors ? Alors... Tu vas me confier ton ordinateur afin qu'on le passe au peigne fin pour nous assurer qu'il n'aurait pas trouvé une information capitale qui modifierait précisément l'analyse de cette situation. C'est possible ?

Sophie Lestelle se contracta. Elle ressentit aussitôt une boule d'angoisse lui nouer l'estomac. Il était impossible qu'elle accède à cette demande. S'en serait fini de sa vie actuelle, et la prison serait alors la seule issue. Elle sentit qu'un voile de transpiration était en train de la recouvrir. Une peur sourde commençait à l'étouffer, une peur oppressante, une peur insupportable... Un instant, elle envisagea le suicide comme solution. Après tout, cet homme le lui avait suggéré. Christian fronça les sourcils et devina son malaise. Il insista :

—Tu peux me passer ton ordinateur, non ?

—C'est que... hésita Sophie, en avalant difficilement.

—Y aurait-il des fichiers, disons compromettants... à l'intérieur ?

Silence.

Le commissaire poursuivit :

—J'ai l'impression qu'il veut absolument des infos particulièrement sensibles, que personne ne peut connaître sauf si on s'adresse à l'une de tes sources, moi par exemple.

—Tu racontes n'importe quoi.

—Non, ce type a besoin d'une information précise et fiable. Il te prend pour cible et te fait chanter d'une façon pressante parce que ce qu'il veut savoir est d'une importance capitale. Il lui faut une source fiable, pour fouiller dans le passé de cette congrégation du Bon Prélat. Et en tant que flic, je peux répondre à ses attentes. D'où sa demande…

—Je te dis que tu rêves, lança Sophie en haussant les épaules.

—Il me faut ton ordinateur.

—Non. Il n'en est pas question.

—Qu'as-tu encore fait comme connerie? reprit Kaspar sur un ton glacial.

—C'est impossible… Je ne peux pas faire ça, s'étrangla son ancienne maîtresse envahie par les larmes.

—Il va bien falloir. Je dois comprendre.

—Je te dis que c'est impossible, explosa Sophie en se levant, les poings fermés.

—Il le faudra bien, d'une manière ou d'une autre, quitte à demander une commission rogatoire.

—Tu ne ferais quand même pas une chose pareille?

—Parce que tu crois que je vais me gêner.

—As-tu pensé aux conséquences de ce que tu me demandes?

—Si tu n'as rien à cacher, il n'y aura pas de conséquences.

Sophie Lestelle bouillonnait de rage. Elle s'était fait piéger par ce satané commissaire qui allait la détruire parce qu'elle avait conservé un fichier catastrophique pour son propre avenir, un fichier que personne ne connaissait, un fichier qui pouvait changer bien des choses. Elle se mordit les lèvres au sang puis apostropha brutalement son ancien amant :

—Tu n'auras jamais cet ordinateur. Jamais ! Tu m'as bien compris ?

—Je pense que tu te trompes, répondit froidement Kaspar. Tu m'as mis en appétit. Maintenant, je dois savoir.

—Je t'ai déjà dit qu'il n'en était pas question.

Avant qu'il ait pu réagir, Sophie Lestelle avait gagné la sortie en claquant violemment la porte. Christian se précipita derrière elle, mais s'arrêta. Ce n'était pas la peine de s'énerver. Il savait comment il allait la coincer. Il revint vers son bureau. Il composa un numéro sur son poste téléphonique. Une sonnerie se fit entendre, puis une voix d'homme résonna dans le combiné.

—Ici Germont. J'ai reconnu ton numéro. Que veux-tu, cher commissaire ? Tu ne t'arrêtes jamais ?

—Une urgence. J'ai besoin de toi.

Domicile de Sophie Lestelle

Sophie Lestelle était rentrée rapidement chez elle après avoir abandonné le commissaire Kaspar. Elle savait qu'elle ne disposait pas de beaucoup de temps. Avant longtemps, une équipe spécialisée débarquerait dans son appartement, saisirait son ordinateur personnel et commencerait un long travail de fouille pour trouver l'information qui intéressait ce maître chanteur.

À peine arrivée, elle avait allumé la machine qui chargea ses applications tandis qu'elle était partie se changer pour enfiler un pantalon et un pull à col « V » à même la peau. Cette tenue était plus propice pour affronter une éventuelle garde à vue. Elle se souvenait l'avoir lu dans des livres. Et ses retours d'expérience feraient le reste…

De retour derrière l'écran de son Mac, elle entra son code et plongea aussitôt dans l'arborescence vers un fichier qu'elle aurait dû détruire depuis longtemps. En l'effaçant, elle se libérerait…

Quelques frappes de touches plus tard, elle composa le code qui protégeait l'objet de ses tourments. La vidéo commença à se charger dans le logiciel lecteur de film. À peine eut-elle achevé cette étape qu'elle appuya sur la touche « supprimer ». L'ordinateur lui demanda de confirmer. Ce qu'elle fit.

Au même moment, on sonnait sur le palier de son appartement.

Elle se recoiffa et alla ouvrir.

Le commissaire la toisait tenant un document qu'il lui plaça sous les yeux. Plusieurs hommes l'accompagnaient.

—Je crois que vous savez ce que c'est, chère madame ? dit Kaspar en la vouvoyant.

—Euh… Non !

Sophie était folle de rage. Christian avait été particulièrement rapide, mais le fichier compromettant était supprimé. Quelque part, elle se sentit rassurée.

—Il s'agit d'une commission rogatoire délivrée par un procureur. Si vous préférez, ce n'est qu'une autorisation légale de confisquer votre ordinateur. Alors donnez-moi cette machine, c'est un ordre.

—Comme tu voudras ! De toute façon, toi et tes sbires vous ne trouverez rien, répondit-elle en tutoyant volontairement le commissaire, ajoutant du malaise à la situation.

—Peu importe, où est cet ordinateur ?

—Dans ma chambre. Et vous n'êtes pas obligé de tout retourner pour le prendre, dit-elle en croisant les bras.

Deux hommes entrèrent dans l'appartement sans rien dire.

Quelques instants plus tard, l'un des policiers revint l'air ennuyé.

—Commissaire.

—Oui ?

—C'est que... Il y a un problème...

—Un problème ?

—Il vaudrait mieux que vous veniez voir par vous-même...

Inquiet, Kaspar fit signe au policier et s'engouffra à sa suite, laissant Sophie, embarrassée et perplexe. Un brouhaha lui parvint presque aussitôt.

Elle décida alors de rejoindre les trois hommes qu'elle trouva scotchés à l'écran qui dégageait une lueur bleuâtre, les éclairant comme des fantômes surgis de nulle part. Elle s'approcha et osa s'appuyer sur l'un d'eux pour observer ce qui se passait. Son cœur battait la chamade, inquiète qu'ils aient découvert le pot aux roses.

Elle fut presque rassurée. Un message en lettres noires était affiché au centre d'un rectangle blanc :

Salut Sophie,

Ton document n'est pas supprimé et il est protégé en lieu sûr.

Dis au commissaire Kaspar que je l'invite à patienter derrière cet écran.

Anonymus-79

Un *nota bene* complétait le message :

NB : Ne cherchez pas à me retrouver. C'est impossible.

Le commissaire se redressa et machinalement se croisa les bras avant de lever sa main droite pour se gratter le menton. Il était sceptique. Il tourna légèrement la tête et vit Sophie, les mains posées sur les hanches, songeuse.

—Que nous caches-tu ? dit-il d'une voix sèche, sur un ton légèrement agressif en utilisant le tutoiement.

—Rien. Je ne te cache rien, répondit-elle fièrement.

—Alors pourquoi ce message ?

—Ce document… ce document est une part de ma vie privée… Tu comprends, c'est ma vie privée ! Tu n'as pas besoin de la connaître…

—J'en doute !

—Laissez-moi tranquille, toi et tes flics !

Les policiers se regardèrent tentant de comprendre le sens des véritables relations qui semblaient exister entre leur commissaire et cette femme. Kaspar s'énerva :

—Cessez vos familiarités, chère madame ! Je reste ici puisque j'y suis invité. Et considérez-vous dès à présent en garde à vue. Lieutenant Védric, passez les menottes à madame et installez-la dans le salon de façon qu'elle ne puisse pas nous fausser compagnie. Et appelez deux de vos collègues pour qu'ils la surveillent pendant qu'on s'occupe de cet ordinateur. Allez, exécution !

—Mais… voulut protester Sophie. Je n'ai rien fait. C'est injuste.

—Ce n'est pas à vous d'en juger. L'enquête le dira et votre sort sera tranché à l'issue de cette affaire.

Le policier dégagea la paire de menottes accrochée à son ceinturon et les ouvrit. Il fit signe à la femme de lui tendre les poignets. Ce qu'elle fit, faute d'avoir une autre solution à proposer.

—Désolé, c'est la procédure, Madame.

—Je sais. Ou plutôt, vous ne savez rien…

Ensemble, ils quittèrent la chambre. Le commissaire se concentra à nouveau sur l'ordinateur dont le contenu était fouillé lentement par le second policier.

—Alors ?

—Je ne trouve rien d'anormal ni rien d'intéressant. Il y a surtout des fichiers de photos, quelques fichiers textes correspondant à des courriers et des extraits de presse téléchargés sur Internet, pas mal de vidéos d'humour qui proviennent de sites connus, une bibliothèque i tunes particulièrement bien fournie et des jeux. Des jeux de guerre surtout… Elle doit avoir un fils accro…

—Je sais, je sais… C'est courant. Rien d'autre ? Pas de fichiers sensibles ?

—Pour le moment, non ! Cependant, j'ai relevé une particularité assez saisissante.

—Ah, et laquelle ?

—Il n'y a plus aucun fichier temporaire, à part ceux que j'ai créés en bidouillant sur cette machine. Plus d'historique, ni de cookies, rien… Le passé de cet ordinateur n'existe pas.

—C'est normal ?

—Oui et non. Oui pour un pro qui ne veut pas laisser de traces, et non car il existe toujours des solutions pour retrouver quelques fichiers planqués dans les placards. Et là, nous avons affaire à un travail de superpro. Rien n'a été laissé au hasard. À part un scan du disque dur, je crains que nous ne puissions pas retrouver grand-chose.

—C'est bien ce que je pensais, murmura le commissaire.

—C'est-à-dire ?

—Cette femme nous cache quelque chose qu'il faut absolument découvrir. Ce doit être bigrement important pour la faire chanter sur ce seul fichier absent. Allez, on embarque le tout et on retourne à la brigade. Avec notre charmante prisonnière !

—Commissaire, comme vous y allez ! s'esclaffa le policier. Cette dame est jolie mais quand même…

—Lieutenant, est-ce que je vous ai demandé votre avis sur les qualités plastiques de cette femme ?

—Euh… non, commissaire.

—Alors taisez-vous et faites ce que je vous ai demandé, c'est clair ?

—Absolument, mais euh… le message d'attente…

—Aucune importance… Cet Anonymus saura retrouver l'ordinateur où qu'il soit. Allons dans mon bureau et patientons. Disons, jusqu'à minuit… Je préviens le directeur de la teneur de ce message.

—Ensuite ?

—Ensuite… Ce sera peut-être la fin du monde, répondit le commissaire en souriant.

—Ce n'est pas drôle, protesta le policier.

—Mais non, c'est une blague… juste une blague.

Il ne savait pas à quel point cette dernière affirmation était prémonitoire pour l'avenir de sa propre carrière et celle de Sophie Lestelle.

6 heures, brigade criminelle

Le commissaire Kaspar arriva presque frais et dispos à son bureau. Sophie Lestelle avait été enfermée en cellule pour une nuit de garde à vue, le temps que son ordinateur parle. Hormis les traits tirés et deux cernes marqués sous les yeux, personne ne pouvait se douter que sa nuit de sommeil avait été très courte. Il avait pris une longue douche, s'était rasé de près, avait enfilé l'un de ses plus beaux costumes à cause d'une petite cérémonie de remise de médailles du travail. Il s'était aspergé d'eau de toilette Hugo Boss.

Mais au fond de lui, il avait un pressentiment. Cette journée serait mémorable. Il devait donc tenir son rang.

Il interrogea l'inspecteur de service sur la conduite de sa prisonnière au cours de la nuit. Rien n'était à signaler. Il sourit et se dirigea vers la machine à café pour attaquer cette journée du bon pied. Les couloirs étaient déserts et à part un bureau éclairé trahissant une présence, aucune animation particulière ne régnait au cœur de la brigade. Il se servit un café serré sans sucre.

Il n'entendit pas les pas dans son dos, occupé qu'il était à surveiller la préparation de sa boisson.

—Alors, prêt?

Kaspar sursauta et faillit renverser son gobelet. Il regarda la personne qui venait de l'interpeller. C'était son boss.

—Ah, c'est vous.

—Bah, oui c'est moi…

—Que faites-vous à cette heure dans ces bureaux?

—La même chose que vous. Je suis mes dossiers et j'imagine le déroulement de cette journée assez particulière qui s'annonce.

—Vous savez déjà, donc…

—Au cœur de cette bâtisse, qui voulez-vous qui ne soit pas au courant? La nouvelle de ce message a fait le tour de tous les bureaux en quelques minutes. Rouvrir le dossier de la congrégation du Bon Prélat et vous réclamer indirectement un million d'euros de rançon, avouez que ce n'est pas banal ! Heureusement que nous étions en pleine nuit. J'ai pu limiter la casse mais il ne faudrait pas grand-chose pour que cette demande de rançon s'envole au-dehors et se répande sur la place publique à la vitesse d'une traînée de poudre. Aussi, je pense que je n'ai pas besoin de vous faire un dessin… N'est-ce pas ? Un commissaire, cible d'un maître chanteur ! Original, non ?

— Vous avez raison. Il faut que nous établissions une règle de discipline intangible si nous voulons conserver une marge de manœuvre.

— Peu importe, commissaire, ce que vous déciderez. Une chose est sûre, certains de nos gars sont perplexes. Et vous savez comme moi, que l'indécision est très mauvaise conseillère, car elle engendre la peur. Il faut donc que nous ayons un résultat tangible, une nouvelle certaine, une mesure concrète à leur annoncer si nous voulons conserver la maîtrise de ce bordel.

— Je suis d'accord.

—C'est déjà pas mal. Je prendrai bien un café puisque vous avez la main sur le distributeur.

—Que voulez-vous ?

—Serré et sans sucre.

Le commissaire s'exécuta et attendit que la boisson soit prête pour la tendre à son directeur. Un silence pesant les accompagnait. Il commença à siroter son gobelet.

—Que fait-on ? demanda Kaspar sur un ton monocorde.

—Quelque chose devrait vous intéresser directement, répondit son directeur.

—C'est-à-dire ?

—Cela concerne Sophie Lestelle.

Le commissaire se raidit imperceptiblement. Depuis son divorce, tout ce qui gravitait autour de son ancienne maîtresse pouvait lui attirer des problèmes à tout moment. Une boule d'inquiétude lui serra l'estomac.

—Qu'avez-vous à me dire ?

—Je n'ai rien à vous dire mais plutôt quelque chose à vous montrer.

—Un fichier de l'ordinateur de Mme Lestelle ?

—Exactement, Kaspar.

—Vous m'avez court-circuité ?

—Pas exactement ! Je connais la teneur de vos anciennes relations, Christian. Vous permettez que je vous appelle Christian ?

Kaspar regarda son chef avec étonnement. Cela faisait un bon moment qu'il n'avait pas utilisé cette familiarité dans une de leurs affaires. Le directeur poursuivit :

—Je sais ce qui s'est passé entre vous. Ne me prenez pas pour un imbécile, mais je ne voulais surtout pas que vous soyez tenté par une bêtise. J'ai donc pris les devants…

—Ce qui explique votre présence à cette heure.

—Je vois que votre sens du raisonnement fonctionne encore bien.

—C'est bon, monsieur le Directeur, je vous suis.

Le supérieur du commissaire lui posa une main qui se voulait amicale sur l'épaule et lui lâcha un petit sourire. Les deux hommes parcoururent ensemble les couloirs qui les séparaient de leur bureau respectif. Le directeur invita Kaspar à entrer dans le sien puis lui proposa un siège tandis qu'il s'installait derrière son ordinateur. Il le mit en route et patienta.

—L'équipe informatique a réussi à scanner le disque dur de la machine de Sophie Lestelle. Ils ont retrouvé la trace d'une vidéo de quelques minutes. Ils sont parvenus à la reconstituer. Le document n'est pas de première qualité mais on devine ce qui se passe. Par contre, on ne peut rien prouver avec ce film. Vous verrez par vous-même.

Inquiétude certaine.

Stressé, le commissaire s'approcha pour voir la vidéo. Le directeur lança la lecture.

Le visage de Kaspar fut d'abord passif puis commença à s'animer avant de blêmir. Une sourde gêne l'envahissait lentement et le mettait mal à l'aise. Il fut presque soulagé lorsque le film s'arrêta.

—Qu'en pensez-vous ? demanda le directeur.

—Ce n'est pas possible... ce n'est pas possible, répéta-t-il lentement, en affichant une mine abattue.

—Je crains que si.

—Sophie aurait donné son nouveau-né... pour qu'on le tue. Le mettre dans un vulgaire sac en plastique et le fermer par une ficelle, ne laisse planer aucun doute.

—Vous avez raison.

—C'était il y a 35 ans, si j'en juge la date de cet enregistrement.

—Soit l'âge approximatif de son maître chanteur...

—Hélas, commissaire, hélas. Sophie Lestelle a voulu éliminer son nouveau-né. Pour être débarrassée de ce poids ingérable, car elle était mineure. Sa famille a porté plainte. Le juge l'a alors confiée à la congrégation du Bon Prélat dans laquelle elle a été enfermée dans des conditions insoutenables, mais tolérées à l'époque : prières obligatoires, travaux insupportables, discipline d'enfer, obéissance stricte, tout cela sous peine de sévices ou autres sanctions d'une autre époque.

—Je sais...

—Et ce film ? Pourquoi l'avoir tourné ? Et qui a fait ce sinistre enregistrement ?

—Nous allons répondre à ces questions. En attendant cette vidéo ne prouve rien... On voit juste que le bébé ayant encore son cordon est placé dans un sac en plastique, avant d'être fermé par une ficelle et donné à ce couple, qui ressemble fortement à des manouches.

—Des manouches... assassins ou vendeurs d'enfant pour des réseaux mafieux!

—Cette vidéo ne prouve peut-être rien, mais c'est à moi d'en décider, insista le commissaire.

—Qu'allez-vous faire?

—Ce film est devenu mon affaire. Quelqu'un l'a vu à part vous?

—Notre informaticien uniquement. C'est lui qui l'a extrait.

—Il a posé des questions?

—Non. Il m'a juste dit qu'il ne voyait pas à quoi pouvait nous servir une merde pareille. C'est trop vieux et mal filmé.

—Parfait, soupira Kaspar. Considérez que ce film n'existe pas et ne posez aucune question. Vous me donnez une copie et vous l'effacez de votre ordinateur. D'accord?

—C'est contraire au règlement.

—Je sais.

—Et moi, comme je te l'ai déjà dit, je sais que Sophie a été ta maîtresse, dans des circonstances pas très claires, reprit le directeur en tutoyant en retour le commissaire. Je puis même te dire que Ludovic, son fils, n'a pas de père reconnu. J'ai vérifié...

—Vous en concluez quoi?

—Monsieur le commissaire...

—Oh, arrêtez avec ça, voulez-vous...

—Je répète, monsieur le commissaire. Cette ancienne affaire ne me concerne plus et ne m'a jamais concerné mais vous ne m'empêcherez pas de penser que Ludovic est «ton» fils. C'est tout ce que j'avais à «te» dire. Maintenant, j'aimerais finir ce que j'ai à faire dont cette foutue copie...

Le commissaire se leva de sa chaise. Il toisa son directeur. Il hésita. Son lien avec Sophie était connu et il n'avait aucune idée de la manière dont il allait régler ce nouveau problème.

Sachant qu'il avait une autre histoire à élucider avec un million d'euros à la clé.

Décidément cette journée s'annonçait particulièrement riche et chargée en émotion...

Bureau de Kaspar

Le commissaire avait demandé à l'un de ses inspecteurs de lui amener Sophie Lestelle. Quelques minutes plus tard, il revint avec la femme. Elle avait très mal dormi et de profonds cernes marquaient son visage. Sa chevelure en vrac ne lui donnait aucun charme. Kaspar ordonna qu'on lui retire les menottes.

Désormais assise sur une chaise inconfortable, Sophie affichait une allure terne et peu avenante. Légèrement penchée en avant, le dos rond, sa poitrine libre semblait lourde et pesante. Son pull était détendu, et l'affadissait, achevant de l'identifier au milieu social qu'elle avait quitté lorsqu'elle avait croisé le commissaire. Aujourd'hui, celui-ci lui faisait à nouveau face dans des conditions presque similaires. Cette nuit de garde à vue lui avait rappelé une période de sa vie qu'elle avait cru à jamais révolue. Son passé était revenu au cœur de sa propre existence, sans prévenir, déclenchant en elle un cafard suicidaire.

Christian Kaspar l'observait. Sceptique. Comment cette femme qu'il avait mise dans son lit, quinze années plus tôt, avait-elle pu commettre un tel geste, bien des années auparavant? D'ailleurs, comment peut-on envoyer à une mort certaine, un nourrisson? C'était pour lui, une question sans réponse qui pouvait avoir une explication au travers de l'âge de Sophie lorsqu'elle avait accouché pour la première fois. Apparemment, elle n'avait que quinze ans... 15 ans, devenir mère, se débarrasser du nouveau-né et payer cet acte naturel de la vie par un enfermement odieux. Cela lui parut improbable. Et pourtant...

Le commissaire resta songeur. Il n'osait rompre ce silence lourd de sous-entendus.

Sophie gémit en glissant les mains sous ses cuisses, le regard absent, le visage tourmenté.

—Veux-tu un café?

Elle ne répondit pas, se contentant de hocher la tête. À peine.

— Védric ! hurla Kaspar.

Un inspecteur, mal réveillé, apparut à la porte du bureau du commissaire.

— Va chercher un double café serré, sans sucre pour madame.

Le policier s'éloigna.

— Sophie…

Elle leva à peine la tête.

— Écoute… On n'a pas beaucoup de temps. Après, tout ce qu'on dira sera écrit et enregistré.

Lestelle ne broncha pas.

— Alors raconte-moi ce qui s'est vraiment passé, ce 13 octobre 1979. C'est possible ?

Silence.

— J'insiste, relança Kaspar.

— Tu… tu ne peux pas comprendre, lâcha-t-elle en marmonnant entre ses lèvres.

— Si, je le peux. De toute façon, il faut que je le sache pour coincer ce salopard.

— Et ensuite… tu feras quoi ?

Elle s'arrêta. Le lieutenant déposa le gobelet sur le bureau face à Sophie.

— Laisse-nous, ordonna le commissaire.

Il attendit un instant qu'ils soient seuls, puis relança :

—Bois ce café, cela te fera du bien.

—*Pfuitttttt* ! souffla-t-elle. J'en veux pas.

—Tu as tort. Il n'est pas si mauvais et il te fera du bien.

—Tu parles... Il n'y a plus rien qui puisse me faire du bien. Rien ! Tu peux le comprendre, lança-t-elle sur un ton plus agressif. Et d'ailleurs, pourquoi tu m'as mis dans cette taule ? T'as voulu me faire payer ce que je t'ai demandé ? Hein ? C'est ça ? Pour toi, il faut que je sois une merde... une merde que t'as bien baisée... ! Jusqu'à lui faire un gosse... Comme mon père...

Sophie s'arrêta net. C'était sorti comme ça, soudainement. Elle comprit qu'elle venait de dire une énormité. Kaspar se recula sur son siège, perplexe, les yeux emplis d'étonnement. Un silence détestable s'installa et Sophie baissa la tête en éclatant en sanglots. Elle joignit ses doigts qui se crispèrent trahissant une détresse insupportable.

—Tu veux dire que...

Sophie ne répondit pas. Courbée en deux, la tête presque à toucher ses mains jointes sur ses genoux, elle pleurait à chaudes larmes et semblait inconsolable tout en marmonnant des propos incohérents.

—C'est ton père qui t'a fait ce gamin ?

Sophie devint muette. Kaspar continua :

—À seulement quinze ans !

—Arrête ! Arrête... s'il te plaît, arrête ! gémit Sophie en se relevant. S'il te plaît, tais-toi... ça fait si mal, poursuivit-elle entre deux grimaces.

—Je comprends, je comprends, répéta-t-il.

—Non, tu ne peux pas comprendre... Personne ne peut comprendre... Et ne pourra jamais comprendre.

—Je crois que si ! Je peux comprendre...

—Arrête ! Tu dis n'importe quoi... Tu ne sais pas ce qu'est l'enfer... Moi, si !

—Sophie...

—Tais-toi ! Tu me donnes envie de gerber ! Je croyais m'en être sortie. Et toi, en une nuit, tu m'as fait replonger... Tu n'es qu'un salaud... Sans cœur... Tu me dégoûtes !

—Sophie... je ne voulais pas, osa Kaspar.

—Si ! Tu savais ce que tu faisais... Tu me voulais à tes pieds, hurla Sophie.

Elle s'était redressée et affichait un visage agressif, défait mais déterminé. Elle fixait le commissaire qui ne savait plus trop quelle conduite tenir. Il avait simplement compris que tout ce qu'il dirait serait mal interprété. Il opta pour un silence courtois, espérant au fond de lui que la détresse la libérerait de ce poids qui l'étranglait depuis tout ce temps.

—Tu as gagné, Christian ! Tu viens de me détruire une nouvelle fois. Je ne crois pas que je pourrais m'en sortir, ce coup-ci...

—Ne dis pas d'âneries ! Tu es forte. Ton caractère a toujours été ton meilleur capital. Bien sûr que tu vas remonter la pente.

—Tu dis ça pour te rassurer. Mais au fond de toi, tu sais que je ne pourrais plus te nuire. Quoi que je fasse... Mais tu n'auras bientôt plus le choix : il faudra bien que tu t'occupes de ton fils.

—Ça suffit, Sophie ! Tu joues à quoi ? Ludovic n'est pas mon fils.

—Oh que si ! Ne t'inquiète pas. Je ne vais pas te faire chanter. « L'autre », lui... il va s'en occuper. Je ne serai plus là pour savourer mais tu seras bien obligé d'assumer.

—Tais-toi ! Tu ne racontes que des bêtises.

—Ça t'arrange... Maintenant, laisse-moi ! Fais-moi retourner dans cette saloperie de cellule. Comme cela, tu pourras parader. Et m'oublier.

—Tu as besoin de voir un psy. C'est surtout ça que je vais faire : te coller chez un psy !

—Bien sûr... Et pourquoi ne pas m'enfermer chez les moines. Après les bonnes sœurs, ça aura le mérite de me changer. Allez, fous-moi la paix !

—Je vais faire beaucoup mieux. Tu vas rentrer chez toi, prendre une bonne douche. Et on reparlera de tout ceci lorsque tu iras mieux.

—Parce que tu crois que je vais aller mieux ? Tu rêves ou quoi ?

—Bien sûr ! Va te laver et manger quelque chose. Ensuite, tu auras les idées plus claires et je pourrai alors éclaircir plusieurs points de ton discours.

—T'es pas flic pour rien... T'es qu'un pauvre type. Et dire que j'ai couché avec toi !

— C'est du passé ! N'en rajoute pas, cela vaudra mieux. Tu ne crois pas, non ?

— Fais de moi ce que tu veux ! Même si tu me demandais de te faire une pipe, je crois bien… que… que je te la ferais… Après tout…

— Tu ne dis que des conneries. Je te fais ramener chez toi. Et je te rappelle demain quand tu seras fraîche et disposée à tenir un discours cohérent. D'accord ?

— Comme tu voudras ! À mon avis, si je me souviens bien, ce que tu fais… c'est pas vraiment prévu dans ton code de procédures.

— Laisse-moi faire ce que je crois être bon.

— Tu parles ! Je pense plutôt que tu risques d'avoir des ennuis. Mais je ne vais pas m'en plaindre. C'est toi le boss, non ?

Kaspar se tut et l'observa. Sophie était encore très séduisante, malgré son terrible passé, malgré cette nuit en cellule, malgré ses vêtements défraîchis. En un instant, il comprit qu'elle ne le laissait pas indifférent.

Il appuya sur une touche de son téléphone. La tonalité se fit entendre et une voix retentit :

—Oui, commissaire.

—Védric, ramène Mme Lestelle chez elle. Vérifie bien qu'elle s'enferme à clé et surtout surveille qu'elle ne ressorte pas. Emmène Laplace avec toi.

—Vous voulez qu'on planque toute la journée ?

—Il ne s'agit pas de planquer, Védric. Juste de s'assurer que Mme Lestelle ne ressorte pas… Juste ça ! C'est bien compris ?

—Oui, commissaire.

—Parfait ! Merci.

Domicile de Sophie

De retour chez elle, Sophie avait cherché de l'alcool. Il n'y avait plus de whisky, ni de cognac... Elle dut se contenter de Limoncello, une liqueur de citron. Après en avoir avalé un bon quart de la bouteille, elle resta avachie sur le canapé. L'alcool lui était monté à la tête et elle était envahie par une fausse euphorie. Elle alluma la télévision et passa de longs moments à zapper sur les chaînes de la TNT. Sans qu'aucun programme ne l'accroche.

Lassée, elle s'éloigna vers la salle de bains. En allumant la lumière, elle sursauta lorsqu'elle découvrit son reflet. Elle affichait vraiment une sale tête, un visage blême, des yeux rougis et une tignasse crasseuse, pas peignée. Elle eut une mimique de dégoût.

Elle se dirigea vers la baignoire et se fit couler un bain plutôt chaud. Revenue devant le lavabo, elle ôta son pull et se retrouva torse nu. Elle regarda ses seins, bien développés, aux aréoles larges et claires, encore bien tenus. Ils avaient supporté deux grossesses et la peau latérale s'était un peu distendue au point de faire apparaître quelques vergetures. La transpiration avait laissé des traces de sel dans le sillon de sa poitrine, en accumulant un peu de crasse. Elle grimaça légèrement.

Elle finit de se déshabiller et s'approcha de la baignoire. Au moment où elle leva une jambe pour entrer dans l'eau, le téléphone du salon sonna. À regret, elle retourna dans la pièce principale, nue, se saisit du combiné sans fil et décrocha. C'était Ludovic.

— Maman ! s'écria-t-il. T'étais où ?

— Du calme, mon chéri. J'ai été retenue par une obligation imprévue.

— T'es rentrée ?

— Oui.

— Qu'est-ce qu'on t'a fait ?

— Rien. Rien de grave… Ne t'inquiète pas. Mais toi, comment vas-tu ?

— Ça va, ça va… Je me suis débrouillé. Les parents de mon pote Laurent m'ont pris chez eux en attendant ton retour.

Une espèce de crispation diffuse. Elle se força à poursuivre :

—Ils ont bien fait. Il faudra que je les rencontre pour leur expliquer.

—Le père de Laurent allait appeler les flics. On était un peu soucieux. Tu comprends... On savait pas.

—Tout va bien. Je suis rentrée. Je vais prendre un bain et ensuite, je t'emmène manger chez McDo. Promis !

—Chouette ! J'arrive.

—Alors, à tout à l'heure.

Sophie raccrocha. Elle alla ôter la clé de la serrure de la porte d'entrée et retourna dans la salle de bains. En passant devant le miroir, elle fit à nouveau la moue et estima qu'il serait bon qu'elle perde quelques centimètres de tour de taille. Elle glissa dans l'eau chaude avec un vrai plaisir. Détendue et rassurée par la chaleur du liquide, elle s'abandonna en fermant les yeux. Aussitôt, des flashes remontèrent à la surface de sa mémoire, se mélangeant les uns les autres tout en lui donnant un certain tournis. Brusquement, elle sursauta lorsqu'une image d'un sac en plastique passa devant ses yeux tandis qu'elle se jetait dans les bras de Kaspar. Elle faillit boire la tasse et se redressa en poussant un petit cri de terreur.

Assise dans son bain, elle resta interdite. Décidément, son passé était en train de lui jouer des tours. Sophie comprit qu'elle devait rompre une fois pour toutes avec ses vieux démons et tourner ces pages qui l'empêchaient de profiter de la vie. Mais le pouvait-elle ?

Accoudée sur les bords de la baignoire, elle se rappela certaines scènes insupportables de son passage dans le monastère des sœurs du Bon Prélat, oublié au cœur de la France rurale. Considérée comme une « fille perdue », pouvant basculer dans la prostitution, un juge avait décidé de l'enfermer dans une espèce de pensionnat, en la privant de liberté, tout en l'abrutissant de règles aujourd'hui obsolètes, afin de lui faire retrouver le droit chemin et devenir une épouse modèle. Tout ceci à cause de son père qui l'avait violée avant de l'accuser de perversion. Elle crut sentir les mains épaisses de son bourreau qui lui tenait les hanches tandis qu'il lui labourait le ventre avec violence, juste pour son plaisir. Sophie en frissonna de dégoût. Elle sentit monter une crise de larmes et dans un réflexe absurde, elle se laissa glisser au fond de l'eau en ouvrant les yeux. D'abord, elle retint son souffle et observa l'ampoule du plafonnier qui se balançait au fil des clapotis de son bain. Quelques bulles s'échappèrent de son nez. Les secondes s'égrenaient... Une pression plus forte commença à lui comprimer la poitrine. Elle eut bientôt l'impression de flotter dans un état second. Oublier, elle voulait oublier... Elle allait ouvrir la bouche et laisser son corps ne faire plus qu'un avec ce liquide qui l'avait bercée dans le ventre de sa propre mère. La boucle allait se boucler...

Soudain, une forme apparut dans son champ de vision.

Elle sursauta.

Prise de panique, Sophie ouvrit la bouche et se redressa en sortant de l'eau. Du liquide s'engouffra dans ses poumons manquant de la noyer. Elle toussa et recracha longuement tandis qu'elle essayait de comprendre ce qui se passait. Elle était dépitée, laminée, à bout...

—Maman ! Maman...

Sophie ferma les yeux et réalisa. Ludovic ! Ludovic était de retour.

Elle regretta aussitôt son geste et tenta de masquer sa nudité avec ses bras. Elle découvrit son fils, les yeux embués de larmes, inquiet et visiblement choqué. Quelle image allait-elle lui laisser ? Sophie s'en voulut et en reprenant ses esprits lui demanda de quitter la pièce afin qu'elle sorte de cette foutue baignoire.

Ludovic s'éloigna, sortit et ferma la porte de la pièce.

Elle trempa sa tête en arrière pour lisser ses cheveux avant de sortir de son bain. Debout devant son miroir, elle eut un geste de recul. Elle afficha une mimique de gêne. Qu'allait-elle devenir ? Elle ne pouvait décidément pas abandonner son fils à une solitude qu'elle avait subie et en même temps rejetée de toutes ses forces.

Une fois séchée, elle s'enveloppa dans un peignoir, trop grand pour elle. En serrant la ceinture, elle réalisa que celui-ci lui avait été offert par Christian Kaspar, un jour d'oubli et de relâchement. Elle eut une intuition : c'était le jour où elle s'était retrouvée enceinte. Sophie en était certaine...

Elle rejoignit Ludovic, qu'elle trouva assis sur le canapé, en train de jouer avec la télécommande de la télévision, sans vitalité. Elle s'aperçut qu'il pleurait en silence. Bouleversée, Sophie s'approcha de son fils et s'assit à côté. Elle le prit dans ses bras et le couvrit de baisers dans sa chevelure mal coiffée.

—Mon chéri… Je t'aime, tu sais.

—Maman ! réussit à prononcer Ludovic entre deux soupirs chargés de sanglots. Ne refais jamais ça… Jamais !

Effondrée, Sophie ne répondit pas. Elle comprit qu'elle avait été à deux doigts de faire une très grosse bêtise. Elle se contenta de le serrer un peu plus et finit par lâcher :

—Je te le promets.

Ludovic parvint à se calmer et petit à petit, ses yeux s'asséchèrent. Il baragouina plus qu'il ne prononça :

—C'est toujours OK pour McDo ?

Sophie lui sourit et acquiesça de la tête.

—Va te préparer, on y va.

Un quart d'heure plus tard, ils quittèrent leur immeuble. À peine avaient-ils franchi l'entrée de la petite résidence que l'inspecteur Védric s'avança. Sophie lui sourit.

—Où allez-vous ? s'inquiéta le policier. J'ai des ordres.

—Pour ma part, j'ai un fils à nourrir. Alors si vous êtes un peu humain, vous me laissez rejoindre le McDo qui est au bout de ce long boulevard. À moins que vous ayez une autre solution à nous proposer?

Le flic observa le jeune garçon qui le dévisageait. Il sortit une cigarette et l'alluma sans rien dire puis rejoignit son collègue qui patientait dans leur voiture de service. Avant de s'y engouffrer, il se contenta de répondre de façon lapidaire:

—Soyez de retour dans une demi-heure.

—Quoi? s'esclaffa Sophie.

Puis, elle repartit d'un bon pas, en haussant les épaules.

«Ces flics, quels crétins quand ils s'y mettent» pensa-t-elle en s'éloignant.

Brigade criminelle

Le commissaire Kaspar était de très mauvaise humeur. Choqué par l'annonce que lui avait faite Sophie Lestelle, il avait été incapable de partir déjeuner. Il ruminait en silence et ne savait plus trop ce qu'il devait faire. Ainsi, Sophie qui avait été sa maîtresse pendant quelques mois, avait connu une adolescence pitoyable, violée par son propre père, puis enfermée par le bon vouloir d'un juge aveugle. Il l'imagina, soumise au bon vouloir de ces sœurs qui lui voulaient, soi-disant du bien, en la traitant comme une esclave ou à peu près. Cette vision l'écœurait... Et lui coupait l'appétit.

Comme un bel imbécile, il s'était épris de cette femme, devenue adulte, qui avait plongé dans la crapulerie ordinaire en compagnie d'un type avide, stupide, connard jusqu'à la moelle, qui n'avait eu aucun sentiment envers elle. Sauf à vouloir la baiser… comme on saute une prostituée. Sans même la respecter.

Kaspar fut submergé par une vague de regret. Comment avait-il pu céder aux charmes de cette femme, bigrement séduisante, et sacrément bien foutue. Elle avait quoi… 35 ans ? L'âge de la séduction absolue, l'âge de tous les fantasmes, de toutes les expériences sexuelles… L'âge de toutes les tentations. Il revit ce premier baiser. Il n'avait pu résister. C'était dans ce couloir qui conduisait au W.-C., en sortant des cellules de garde à vue. En revenant des toilettes, elle dut le croiser dans ce passage exigu pour repasser devant lui. Lorsque la poitrine de Sophie frotta son torse, il sentit une érection remplir son pantalon tandis que des frissons lui traversaient les épaules et le cou au point de le faire trembler. Le regard de cette fille l'acheva sur place et il fut incapable de résister à ses lèvres qu'il allait embrasser. Leur étreinte fut intense et brève. Un baiser passion qui provoque le mélange des bouches pour s'imprégner de l'autre. L'avaler… l'absorber, et fusionner. Kaspar ressentit encore sa main qui parcourait la courbe de ses seins fermes sur son soutien-gorge. Sans aucune difficulté, il avait glissé l'une de ses cuisses dans son entrejambe tandis qu'elle était envahie par de rapides coups de reins.

Cette séquence s'était arrêtée aussi vite qu'elle avait commencé. Sans rien dire, leurs regards convinrent qu'ils se retrouveraient rapidement dans un endroit isolé qui leur permettrait d'aller au bout de leur passion.

Quinze ans plus tard, le commissaire savait pertinemment que Ludovic était son fils. Mais il ne voulait pas le reconnaître. L'amour que lui avait porté Sophie était devenu trop féroce, trop envahissant pour qu'il accepte de se sentir lié. Leur séparation fut une sorte de trahison et leur dernière rencontre s'acheva par une confrontation d'une violence extrême, orale et physique. C'était peut-être ce qu'on pouvait appeler un amour passionné et tourmenté.

Assis dans son fauteuil, il hésitait sur la conduite à tenir. Les faits étaient de toute façon prescrits, quant au destin du nouveau-né glissé dans ce sac linceul. Il ne pouvait rien reprocher à Sophie, d'autant que le père de cet enfant n'était autre que son propre géniteur. Dans son malheur, elle avait tout subi : le viol, l'inceste et la maternité cachée, qui se terminait par un infanticide. Et à part ce film de mauvaise qualité, il n'existait aucune preuve de ces faits.

Alors que voulait ce maître chanteur ? À part l'argent ?

Ouvrir à nouveau ce dossier sordide de la congrégation du Bon Prélat ? Mais dans quel but ?

Détruire Sophie ? Quel pouvait être son intérêt ?

Faire payer un flic ? En l'occurrence, lui, le commissaire Kaspar ?

Plus il réfléchissait, plus Kaspar était convaincu que ce type ne pouvait être que cet enfant oublié qui revenait 35 ans plus tard, pour régler ses comptes avec sa mère, persuadé qu'elle avait voulu le tuer et le faire disparaître. Mais apparemment, c'était un autre scénario qui semblait s'être développé au cours de cette période. Et au passage, il cherchait à prélever sa dîme en faisant payer le père du second enfant de Sophie, seul personnage capable de retracer son passé oublié.

Pourquoi pas ? Cette hypothèse lui sembla tenir la route.

Le commissaire fut aussitôt convaincu qu'il fallait coincer cet abruti avant qu'il ne fasse une grossière erreur en s'en prenant à Ludovic. Et lui, Kaspar ne pouvait accepter qu'on touche à un seul des cheveux de son propre fils, même s'il ne voulait pas le reconnaître.

Du moins, à cet instant.

Pourtant, il était loin d'imaginer que les événements allaient l'entraîner bien au-delà de ce qu'il aurait voulu… S'il avait su !

Domicile de Sophie

En rentrant de déjeuner, Sophie lâcha son sac sur le canapé, alluma la télévision et rejoignit la salle de bains. Elle laissa Ludovic gagner sa chambre.

Devant le miroir, elle libéra ses cheveux tenus pas une pince. Aussitôt, ceux-ci couvrirent ses épaules comme une crinière noire, au reflet légèrement auburn. Sophie s'observa. Elle se sentait séduisante et au fond d'elle, une supplique silencieuse s'intensifiait lentement au point de la contrarier. Elle s'appuya sur le lavabo et baissa la tête. Une image d'abord furtive de Christian lui traversa l'esprit. Elle voulut la chasser mais elle revint s'installer avec un peu plus d'insistance. Elle redressa la tête et fixa son regard reflété par la glace et comprit qu'elle avait encore envie de cet homme qui la rejetait. Sophie réalisa soudain que son intimité s'humidifiait tandis qu'elle sentait sa poitrine gonfler sous l'effet des fantasmes et du désir. Au fond d'elle-même, Lestelle réalisa qu'elle ne connaîtrait que le malheur et la solitude. Son amour avec Kaspar n'avait aucune chance de se reconstruire un jour. Elle se laissa choir au pied de la baignoire, releva une jambe contre sa poitrine, appuya sa tête contre son genou et se laissa aller à une crise de larmes. Elle n'avait rien d'autre à faire.

Ludovic entra brusquement dans la pièce. Il marqua un temps d'arrêt, surpris de voir sa mère assise par terre.

—Maman ! ça ne va pas ?

Elle redressa la tête, essuya ses yeux et se releva puis lui répondit.

—Si, si, ça va. Ne t'inquiète pas. C'est juste une crise de cafard.

—Alors, t'en as souvent du cafard. Ça ne me regarde pas, mais je crois que tu ne vas pas bien.

—Ludovic, laisse-moi tranquille avec mes problèmes. Profite de la vie, tu auras assez de temps à passer avec des sacs d'emmerdes… Tu ne crois pas ?

—Peut-être ! En attendant, un message est arrivé sur l'ordinateur.

—Un message?

—Bah ouais, quoi! Un type t'a écrit sans passer par ta messagerie. J'sais pas comment il fait. Mais, c'est bizarre, son truc.

—Fais-moi voir ça.

Sophie se précipita dans la salle et s'assit à peine sur la chaise, en s'accoudant sur la table pour lire l'écran. Effectivement, un message en lettres blanches apparaissait dans un cadre noir. Sa teneur était particulièrement explicite:

Je vous attends sur le chemin de la fabrique de tuiles désaffectée. Je veux vous parler. Rendez-vous à dix-neuf heures. Venez seule et sans prévenir les flics. Sinon... il y aura un drame.

Le message n'était pas signé. Sophie fut envahie par une pointe d'angoisse. Elle pinça sa lèvre inférieure avec sa main droite et commença à se la mordiller trahissant une certaine inquiétude. Elle connaissait cette vieille usine. Cela faisait des années qu'elle était oubliée au bout d'un petit chemin de terre, au milieu d'un grand bois. L'endroit était insalubre et avait été clôturé par les pouvoirs publics pour éviter les accidents et l'implantation de squats. Avec le temps, les palissades s'étaient dégradées et de multiples ouvertures étaient apparues, permettant aux petits délinquants locaux de venir y réaliser leurs petits trafics minables. Sophie savait que depuis la découverte d'un cadavre de clochard, une entreprise de sécurité avait été chargée de faire des rondes et de sécuriser l'endroit.

Mais aujourd'hui, qu'en était-il?

Ludovic sentit que sa mère était mal à l'aise.

—Ça veut dire quoi, Mam?

—Ne t'occupe pas de ça, tu veux bien?

—Oh ça va! Je vois bien que t'as un gros problème. Ça crève les yeux… J'te dis ça pour t'aider! Pas pour te casser les pieds.

—Écoute, Ludo! Sois poli, tu veux?

—OK, c'est bon… marmonna son fils.

Sophie relut plusieurs fois le message et sentait qu'une boule d'angoisse commençait à lui tenailler l'estomac. Elle réalisa qu'à l'heure du rendez-vous, la nuit serait tombée et qu'elle pouvait se retrouver dans une situation particulièrement vulnérable. L'homme lui demandait de venir seule pour lui parler. Lui « parler » disait-il ! Était-ce un piège ? Ou effectivement, la véritable raison de cette demande ? De toute façon, elle n'avait pas de quoi payer la rançon et les délais pour réunir une telle somme étaient beaucoup trop courts. Intuitivement, il ne semblait pas qu'il soit question d'argent. Alors ?

Ludovic était resté à côté de sa mère et scrutait l'écran, attendant peut-être un hypothétique nouveau message. Il tapotait le sol avec la pointe de l'une de ses baskets. Tandis que Sophie réfléchissait.

Prévenir Kaspar ? Elle savait qu'elle prenait un risque si elle le faisait. Le commissaire rappliquerait au trot et ne la laisserait pas rencontrer cet homme. Et elle n'aurait nullement la possibilité de savoir ce qu'il lui voulait. Kaspar ne lui dirait jamais la vérité même s'il la découvrait un jour. Mais aller seule à ce rendez-vous pouvait présenter un risque sérieux. S'il lui arrivait quelque chose ! Personne ne le saurait, surtout si ce type la faisait disparaître corps et âme... Coincée dans ses raisonnements, elle ne savait pas quelle décision prendre.

Sophie regarda sa montre : elle avait presque quatre heures devant elle avant de partir vers cette usine. Elle alla à la fenêtre et observa le parking presque désert en ce milieu d'après-midi. La voiture de l'inspecteur Védric avait disparu. Étonnement. Elle jeta un coup d'œil circulaire sur les environs et en conclut que les policiers semblaient réellement partis.

Ludovic interrogea sa mère :

—Mam ! Qu'est-ce que tu vas faire ?

—Je n'en sais rien.

—Tu ne vas y aller, hein ?

—Je ne sais pas.

—Tu ne devrais pas, soupira Ludovic.

—Pourtant, je crois que c'est important.

—Ah bon ! C'est si important ?

—Oui. Surtout si on se projette dans l'avenir.

—Pourquoi ?

Sophie ne répondit pas. Elle se mordillait la lèvre inférieure traduisant une gêne évidente.

—Je ne peux pas te le dire, se décida-t-elle à répondre. Allez ! Laisse-moi tranquille et va dans ta chambre.

—N'empêche, je pourrais venir avec toi.

—Il a dit que je vienne seule.

—Peut-être ! Mais je pourrais t'attendre dans la voiture.

—S'il te voit, cela pourrait mal se passer. Il n'en est pas question.

—Mais, bien sûr, tu vas prévenir les flics ?

—Non. Il ne veut pas.

—Pourquoi ? Il a peur d'eux ?

—C'est plus compliqué que ça. Disons que ce monsieur a des choses à me dire qui doivent rester entre nous.

—Parce que ce sont des choses pas très... euh... normales ? Et pourquoi te donner rencart dans cette usine désaffectée ?

—Je ne sais pas... Pour être tranquille, peut-être.

—Maman... Voyons ! Ce type veut te faire mal. Sinon, il viendrait ici ! T'as qu'à lui demander de venir à l'appart'.

— C'est impossible.

—Pourtant, je suis sûr qu'il te veut du mal. Il ferait pas ça.

—Je crois que tu as tort.

—*Pfutt !* Toutes les mêmes ! Vous comprenez rien !

—Ludovic ! Je t'interdis !

—Bah, moi j'te dis que ce mec, il est craignos. Sinon, il ne parlerait pas des flics. Moi, à ta place, je préviendrais mon père.

Sophie ouvrit des yeux immenses et crut qu'elle venait de prendre une claque magistrale. K-O assise.

Un silence glacial s'installa dans la pièce. Sophie était plus qu'étonnée et resta bouche bée, incapable de réagir à ce que venait de lui dire son propre fils. Rien n'avait laissé prévoir cette déclaration qui bouleversait subitement leurs relations et allait modifier profondément le regard qu'elle lui portait. Et le rôle du commissaire Kaspar allait singulièrement se compliquer.

Sophie reprit son souffle et ses esprits, puis rassembla ses cheveux en queue-de-cheval. Elle regarda son fils pour vérifier qu'il semblait sincère et l'interrogea :

—Ton père ? Voyons Ludovic… Tu ne sais même pas qui c'est.

—Maman… Il faut que je te le dise, mais… j'ai… j'ai découvert que ce commissaire que tu rencontres de temps en temps, est mon père. Du moins, je le crois.

—Com… Comment as-tu su ? hésita Sophie, stupéfaite et ennuyée.

—J'ai entendu votre explication lorsqu'il t'a giflée.

—Mais… c'est impossible ! On était seuls dans une pièce au-dessus d'un bar.

—J'avais besoin de te voir pour un rendez-vous avec l'un de mes profs. Je t'ai aperçue dans la rue. Au moment où j'allais courir pour te rattraper, j'ai vu ce mec qui a commencé à t'engueuler sur le trottoir avant de te bousculer pour t'obliger à entrer dans ce bar. Je n'ai pas osé te rejoindre, mais je me suis rapproché et en entrant dans le café, je vous ai cherchés partout.

—Ludovic… Tu n'aurais pas dû.

—Peut-être. J'ai failli ressortir, déçu de ne pas t'avoir trouvée. J'ai cru que…

Sophie comprit le sous-entendu. Elle se força à sourire.

—Mais non, voyons !

—Je sais. Le barman m'a demandé ce que je voulais. Je lui ai dit que je cherchais ma mère qui était entrée avec un monsieur qui semblait l'engueuler.

—Il m'a souri et fait un signe de la tête pour me faire comprendre que vous étiez à l'étage. Je lui ai demandé de ne rien faire et je suis monté. Lorsque je vous ai entendus, derrière la porte entrouverte, je me suis assis sur la dernière marche et j'ai écouté votre conversation.

—Ludovic!

—Je sais, ce n'est pas bien. Mais j'avais trop envie de savoir.

Ludovic vint s'asseoir à côté de sa mère et se jeta dans ses bras. Ils restèrent enlacés de longues minutes sans rien dire.

Sophie ferma les yeux et serra les poings. Elle se sentait brusquement coupable. Ainsi, son fils savait qui était son père. Comment allait réagir ce dernier? Elle n'osa imaginer sa réaction, qui ne manquerait pas d'être violente. Mais au fond d'elle, Sophie devinait que cette situation la rassurait. Après tout, Ludovic était en âge de comprendre, même si cela pouvait être difficile à admettre pour un jeune adolescent. Elle rouvrit les yeux et son regard croisa celui de son fils qui s'était relevé. Elle devina un changement de comportement et une forme de détermination nouvelle qui prenait corps dans ce jeune homme, déjà grand. Elle lui sourit.

—Tu vois, Ludovic, je ne crois pas que ce soit une bonne idée de prévenir ton père, comme tu m'as dit. Cela ne ferait qu'envenimer la situation.

—Alors, c'est bien ce que je dis, je dois venir avec toi, si tu ne veux pas l'attendre ici.

—Ludovic ! soupira Sophie. Une dernière fois, il n'en est pas question.

—Et moi, je te dis que si ! C'est même une excellente idée. Comme ça, je serai sûr qu'il ne t'arrivera rien.

Dépitée, Sophie ne répondit pas. Elle regarda sa montre et observa que le temps passait vite. Mais il lui en restait suffisamment pour convaincre Ludo de ne pas faire une sottise. Pourtant, au fond de ses tripes, elle commençait à croire que la proposition de son fils serait peut-être sa chance et sa solution.

En espérant que tout se passerait bien...

Et que le commissaire Christian Kaspar n'aurait pas à ramasser leurs restes au fond d'une décharge ou à repêcher leurs cadavres dans une rivière quelconque...

Restait à préparer ce rendez-vous pour éviter une trop mauvaise surprise. Et faire venir cet *Anonymus* dans cet appartement.

Sophie ne savait pas encore que cette précaution n'était pas si inutile qu'elle pouvait en avoir l'air.

Pendant ce temps, l'homme du bar était installé dans une voiture et surveillait l'entrée du parking de la petite résidence…

Parking de la résidence de Sophie

Assis dans sa DS3 noire, sale et défraîchie, l'homme scrutait l'entrée de la cage d'escalier qui conduisait à l'appartement de Sophie. « 19 heures » allait bientôt s'inscrire sur l'écran du GPS de la voiture et une certaine inquiétude commençait à habiter l'individu. S'il avait vu juste, Sophie Lestelle aurait dû quitter son logement depuis plus d'un quart d'heure afin d'être ponctuelle à son rendez-vous. Il n'en était rien…

L'homme en conclut qu'un incident était survenu.

Il ne ressemblait plus du tout au type du premier contact. Il s'était rasé la barbe et les cheveux, laissant apparaître une énorme toile d'araignée et une mygale tatouées sur son crâne. Vêtu simplement d'un tee-shirt et d'un jean noir, on pouvait deviner que d'autres tatouages occupaient une place non négligeable sur son corps. Il mâchonnait une allumette, coincée à la commissure des lèvres, signe d'une tension palpable.

Sur le siège du passager, un ordinateur portable était allumé. L'homme était connecté à la messagerie de Sophie Lestelle. Il n'observait aucun mouvement, ce qui l'agaçait. Une horloge égrenait les minutes sur l'écran et il en manquait avant que l'échéance tombe. Il en était convaincu désormais, un grain de sable venait de gripper sa belle mécanique.

L'individu observa le parking pour s'assurer qu'aucune présence indésirable ne pourrait le perturber. Puis il ouvrit la boîte à gants et sortit un pistolet Beretta. Il le posa sur le siège et fouilla un peu plus. Il récupéra des lacets en plastique qui pouvaient servir de menottes, un crochet métallique fixé au bout d'une gaffe que les pêcheurs utilisaient pour hisser les poissons à bord des bateaux, et enfin une puissante Maglite.

Une fois qu'il eut vérifié son matériel, il adressa un mail à Sophie :

—Je vous attends. Votre retard m'est insupportable.

La réponse vint quelques instants plus tard.

—Je vous attends, chez moi.

Ainsi, Sophie Lestelle avait décidé de changer les règles du jeu. Pour qui se prenait-elle ?

Agacé, l'homme lui renvoya un nouveau message très agressif :

—OK ! Vous l'aurez voulu. Je viens, mais ce ne sera pas sans conséquences désastreuses…

Il sortit de la voiture, glissa son pistolet dans la ceinture de son jean, sous son tee-shirt, prit le reste de son matériel et ferma la voiture.

Il se dirigea vers l'entrée de la cage d'escalier de Sophie d'un pas décidé, après avoir allumé une cigarette…

Bureau du commissaire Kaspar

Encore une demi-heure et il serait temps de rentrer à la maison. Christian Kaspar n'était pas mécontent de sa journée et à cet instant, il aspirait à s'asseoir dans son canapé, un whisky à la main. L'essentiel de ses dossiers était bouclé et aucune urgence ne pouvait le contraindre à faire encore acte de présence. La cérémonie de remise des médailles du travail s'était bien passée. Comme d'habitude, avec les petits discours et les petits fours. Restait juste à attendre un dernier rapport que l'un de ses collègues devait lui faire passer. À propos d'une vague histoire de cambriolages... dont il ne voulait pas s'embarrasser. Mais par solidarité, il avait accepté d'y jeter un œil, au cas où le dossier lui rappellerait une autre affaire.

Kaspar rangeait son bureau lorsqu'il entendit qu'on frappait à la porte.

Surpris, il regarda sa montre-chronomètre : 19 h 20. « Déjà le coursier avec son rapport ? » pensa-t-il étonné.

Il invita son visiteur à entrer. C'était l'inspecteur Védric.

—Védric ! Que se passe-t-il ?

—Commissaire... C'est-à-dire...

—Allez, parle ! Qu'y a-t-il d'urgent ou d'important à cette heure ? réagit Kaspar en tutoyant son inspecteur.

—J'ai rouvert le dossier de la congrégation du Bon Prélat.

—Ah ? Pour quoi faire ?

—Je voulais essayer de retrouver l'histoire de cette fille, Sophie Lestelle.

—Je ne t'ai rien demandé, que je sache ?

—Non, commissaire. Mais je savais qu'un jour ou l'autre, vous nous auriez obligés à faire des recherches.

—Admettons ! Alors qu'as-tu trouvé ?

—Quelque chose d'assez improbable mais qui sonne malheureusement très vrai.

—C'est-à-dire ? Viens-en aux faits.

Védric hésita, et reprit fortement sa respiration, trahissant une légère inquiétude :

—Le bébé de cette femme, né le 13 octobre 1979, n'est pas décédé.

—Et?

—Il a été récupéré par les sœurs de l'Enfant-Jésus. C'est le père de Sophie qui l'a sauvé en leur confiant cet enfant.

—Mais sur le film ce sont des manouches qui le récupèrent…

—Peut-être… en attendant, ce couple n'a pas gardé l'enfant. Le père de Sophie l'a récupéré et l'a confié à une autre congrégation.

—Les sœurs de l'Enfant-Jésus, murmura Kaspar pour lui-même, pensif.

Kaspar sentit une légère contraction le serrer au plus profond de sa poitrine, signe qu'une contrariété l'envahissait. « Le bourreau se fait bon samaritain. Pourquoi ? » pensa-t-il. Il fit poursuivre son inspecteur :

—Ensuite ?

—Le bébé n'avait pas de prénom. Il a vécu sous le simple patronyme d'« Anonyme » pendant presque un an.

—C'est impossible. Les sœurs donnent toujours un nom ou au moins un surnom. De toute façon, l'état-civil a dû l'enregistrer.

—C'est que… cet enfant n'existe pas ! J'ai vérifié partout ! Cet enfant n'existe pas. Il n'a jamais été déclaré. Pourtant, il est bien réel dans les dossiers des sœurs. Le père de Sophie le leur a bien donné et mieux... les sœurs l'ont baptisé avec leur prêtre. J'ai l'acte de baptême daté du 17 octobre.

Kaspar se rassit dans son fauteuil, choqué par cette nouvelle. Il réfléchissait à toute vitesse et essayait de comprendre ce qui avait pu se passer et quelles circonstances avaient provoqué cette situation. « Comment pouvait-on vivre sans identité ? » pensa le commissaire. Perdu dans ses interrogations, il lui fallut un bon moment avant de comprendre que Védric le relançait :

—Patron... Hep ! Vous m'entendez ?

—Euh... Oui, Védric. Tu disais quoi ?

—Le bébé de Sophie Lestelle a été baptisé.

—Oui, j'avais compris. Mais il n'existe pas.

—Exactement. Et cela doit lui poser un énorme problème.

—Ah ? Et pourquoi ?

—Il y a moins de six mois, un homme est venu rendre visite aux sœurs de l'Enfant-Jésus, soi-disant pour demander des informations sur les orphelins qui auraient pu leur être confiés.

—Et?

—À force d'insister, cet individu aurait découvert qu'il avait été élevé par les sœurs. Il aurait ainsi appris que le nom qu'elles lui avaient donné n'est autre que…

—Que? s'inquiéta le commissaire. Tes cachotteries, ça suffit, Védric! Allez, accouche…

—Le prénom de cet individu est… Ludovic!

Kaspar ferma les yeux et desserra sa cravate. Puis ouvrit son col de chemise. Il se prit ensuite la tête entre ses mains, pensif. Il venait de comprendre…

Domicile de Sophie Lestelle

Sophie attendait assise sur son canapé, à peine rassurée. Elle s'était changée, en enfilant un col roulé et un jean, afin d'être à l'aise. Ludovic était dans sa chambre avec interdiction d'en sortir. Elle avait convenu avec lui qu'il préviendrait la police en cas de réelles difficultés. Par acquit de conscience, elle lui avait confié son téléphone portable, en plus du sien.

Bientôt, elle entendit un léger coup de sonnette à la porte. Sophie regarda la pendule posée sur le petit buffet. Cette dernière affichait 19 h 30. La petite pointe d'inquiétude évacuée, elle se leva, replaça ses cheveux et se dirigea vers l'entrée. Elle ouvrit timidement et fut très vite contrainte de reculer. L'ombre qui lui faisait face affichait un physique des plus inquiétants. Derrière ses lunettes noires, elle ne pouvait distinguer son regard vif et déterminé. Ses tatouages apparents sur ses bras et son crâne dégarni achevaient de lui donner un aspect repoussant et menaçant. Rien à voir avec l'individu normal et banal, qui avait voulu apparaître fringant, rencontré dans ce bar, quelques jours auparavant.

Sophie comprit instantanément que la situation devenait très compliquée. Le pistolet que l'individu tenait fermement ne laissait planer aucun doute quant à ses intentions.

Elle commença à reculer lentement, transie de peur, sentant que ses tripes se crispaient au point de lui faire mal. Contre sa volonté, Sophie se mit à trembler et ne put empêcher d'être envahie par une poussée d'angoisse. Son environnement commença à se troubler. Elle frissonna de peur.

Sans dire un mot, l'individu avançait lentement en faisant signe à Sophie de reculer vers le salon. Il regardait dans tous les sens comme pour s'assurer qu'aucune présence indésirable ne pourrait le surprendre. Parvenu au milieu de la pièce, il fit signe à Sophie de s'asseoir. Elle obtempéra.

—T’es seule? demanda l’homme sur un ton agressif.

—Euh... oui.

—Parfait. Tu vas me suivre sans faire d’histoire. C’est compris?

Sophie se crispa. Une nouvelle vague de crainte la submergea. Brutale, violente. Que lui voulait ce type? La situation lui échappait et un léger tremblement de ses mains trahissait son malaise.

—Que... que me voulez-vous? hésita-t-elle.

—Tu verras, vieille gourde! Donne-moi ton téléphone, allez, vite!

—C’est que...

—Que quoi?

—Je n’en ai pas.

L’homme s’approcha et lui flanqua un claque puissante qui la coucha sur le canapé.

—Mais... gémit, Sophie.

—Si tu commences comme ça, tu es mal partie. Je répète, donne-moi ton portable.

—Euh... Il est ici, répondit une voix timide qui venait du couloir.

Surpris, l’individu recula du canapé et pointa son arme en direction de l’origine de la réponse.

—Tiens donc ! Madame n'est pas seule. Eh toi, le morveux, sors de là ! Allez, grouille-toi, si tu ne veux pas qu'il t'arrive quelque chose de grave.

Ludovic fit un pas en avant et apparut distinctement dans le coin du salon. Très pâle, il tenait à bout de bras, un téléphone portable et le présentait en direction de l'homme. Sophie observait la scène sans trop comprendre, en se tenant la joue frappée, inquiète de ce qui allait se produire.

—Très bien, jeune homme. Très bien. Envoie-moi ce téléphone.

L'individu accompagna ses paroles d'un geste mécanique. Ludovic s'exécuta et lança le portable que l'homme capta de sa main libre. Il le lâcha sur le parquet puis l'explosa à coups de pied. Il sortit ensuite deux bracelets en plastique de son jean, sans s'apercevoir qu'un autre tombait sous le bord du canapé.

—Bien. Vous me compliquez la tâche mais cela n'a pas d'importance. Toi, le gamin, viens ici, les deux mains en avant. Plus vite que ça… Grouille-toi !

Ludovic n'était pas du tout rassuré. Le pistolet l'impressionnait autant que le comportement de ce gaillard brutal. Il hésita en regardant sa mère qui lui fit signe de la tête d'obéir. Il tendit ses bras et avança d'un pas incertain. Parvenu à quelque distance du type inquiétant, celui-ci présenta l'un des bracelets qu'il glissa autour des poignets de Ludovic. Et d'un coup sec, il serra, emprisonnant les mains de l'adolescent. Puis, il le repoussa violemment, l'obligeant à s'écrouler sur le canapé aux côtés de Sophie. L'individu se rapprocha alors de la femme et d'un signe lui fit comprendre qu'elle devait tendre également ses poignets. En un instant, son sort ressembla à celui de son fils. Entravés, ils étaient désormais entre les mains de ce diable aux intentions macabres. Sophie croisa le regard de Ludovic et y décerna une détresse immense. Elle comprit alors que cette situation était due à sa faute. Elle s'en mordit les lèvres. Et dire qu'elle n'avait aucun moyen de joindre Kaspar.

Elle ne put refouler ses premières larmes…

Bureau du commissaire

Christian Kaspar venait de fermer son bureau après avoir donné congé à son inspecteur. Désormais, il avait tout le temps qu'il voulait devant lui. L'information qu'il venait d'apprendre concernant cet enfant non désiré, résultat d'un inceste, subi par la femme qu'il avait aimée, l'avait profondément déstabilisé.

Et l'annonce de ce prénom que portait cet enfant avait déchiré ses chairs comme un couteau effilé. Le commissaire n'était pas bien, et il s'était senti las et fatigué d'un seul coup.

Ainsi Sophie avait donné le même prénom à ses deux enfants, nés à vingt ans d'intervalle.

Mais il existait une différence essentielle, qui expliquait le comportement de sa maîtresse : l'un des deux enfants était désiré. Kaspar savait que le père de Sophie avait sauvé ce nourrisson et lui avait donné le prénom que sa mère désirait en secret. C'était la seule hypothèse valable. Ensuite, enfermée au sein de la congrégation du Bon Prélat, elle avait perdu la trace de son chérubin, certainement avec beaucoup de regret. Sans jamais se douter que celui-ci allait disparaître des fichiers de l'état-civil.

Les années passèrent, et lorsque lui, commissaire Kaspar, mit dans son lit cette jeune femme séduisante, il n'imaginait pas qu'elle souhaitait enfanter à nouveau en tentant de reproduire le fruit qu'elle avait mis au monde et abandonné malgré elle.

Aujourd'hui, l'enfant sans existence réapparaissait et demandait des explications. Après tout, quoi de plus normal, pensa Kaspar.

Mais il s'y prenait bigrement mal et surtout, il risquait de tout foutre en l'air.

Au fond de lui, le commissaire estimait qu'il était temps de rendre visite à Sophie et de s'expliquer sincèrement avec elle en essayant de préparer la suite des événements.

Il se dirigea vers un vestiaire au fond de son bureau et se changea, enfilant jean, sweat-shirt et blouson.

Il ignorait seulement que la mort était en marche…

L'usine désaffectée

Le conducteur immobilisa la voiture devant la grille délabrée de l'usine de tuiles. Il regarda derrière le pare-brise en déplaçant sa torche pour vérifier que l'endroit était calme. Rassuré, il comprit qu'aucune présence ne viendrait l'inquiéter. Il descendit sans se presser. Il ouvrit la portière arrière et d'un coup sec, il arracha Ludovic allongé sur la banquette arrière et le projeta au sol. Son visage racla la mousse et l'herbe humide avant de heurter une souche. Vautré dans les débris de la forêt, l'adolescent tremblait de peur. Ses yeux fixes semblaient exorbités et trahissaient une angoisse sourde. Il crut qu'il allait mourir sans avoir pu protéger sa mère. L'homme s'approcha et se baissa pour observer son état. Il lui attrapa les mains et vérifia que la sangle de plastique était suffisamment serrée. Par acquit de conscience, il tira un peu plus sur l'extrémité du lien faisant pénétrer l'entrave dans ses chairs qui se mirent à saigner. Brutalement, il releva le jeune homme et sortit de sa poche de jean une autre sangle qu'il glissa dans la poignée de la portière. Puis, il se saisit des mains de Ludovic et glissa la nouvelle attache entre ses poignets pour le fixer à la voiture. Immobilisé, le garçon était obligé de se laisser faire. L'individu porta ensuite le fils de Sophie par les pieds et le repoussa au pied de la banquette arrière avant de claquer la portière sur sa tête. Le choc l'étourdit et Ludovic comprit aussitôt qu'il était coincé dans une position inconfortable à l'arrière de la Citroën qui les avait amenés dans ce trou à rat. Intrigué, il écouta sans comprendre ce que fit l'homme avec sa mère.

Penché sur Sophie et appuyé contre le montant de l'ouverture, l'individu la dévisageait.

—C'est vrai que t'es baisable... Malgré ton âge ! soupira-t-il. J'devrais pas t'dire ça...

Le crâne rasé attrapa Sophie par l'épaule droite et la fit sortir de la voiture. Il lui présenta le chemin qui conduisait à la fabrique, à peine éclairé par les phares.

—Viens, c'est par là. Nous avons à parler tous les deux.

Sophie fit un pas en avant et saisit au passage le regard de son bourreau. Elle tourna la tête et regarda le véhicule immobilisé en pensant au fils du commissaire, devenu prisonnier malgré lui. Une contraction dans la poitrine lui indiqua que la peur avait diffusé dans tout son être. L'homme la poussa avec le canon de son arme, l'obligeant à avancer. Il écarta la grille déglinguée avec son crochet de pêcheur et pressa son otage à se diriger vers la bâtisse inquiétante oubliée dans la nuit noire.

Le couple parvint à l'entrée qui était jonchée de débris divers. Le carrelage était par endroit détaché, un petit miroir fixé sur l'un des murs était brisé. L'homme observa un long couloir qui était ventilé par un léger courant d'air. Sur un signal de la tête, il s'engagea en évitant autant qu'il le pouvait les irrégularités du sol, en tirant sa prisonnière par son entrave. Son visage marqua un rictus de dégoût. Parvenu au bout du passage, il déboucha dans une pièce qui ne possédait plus de fenêtres. Un vent glacial s'engouffrait par les ouvertures en émettant des petits sifflements réguliers.

Au milieu de cet espace insolite, une chaise métallique était installée et ne représentait que le seul mobilier.

Le crâne rasé obligea Sophie à s'asseoir brutalement. Puis il s'éloigna vers un mur, coinça sa lampe dans un brique creuse et revint vers sa prisonnière avachie sur son siège. Immobilisée malgré elle, la mère de Ludovic ressentait de violentes crampes qui lui traversaient le ventre comme autant d'éclats de verre. Qu'allait-elle devenir ? Que serait son supplice ? Sortirait-elle de cette impasse, vivante ? Autant d'interrogations que son cerveau essayait de contrôler malgré l'angoisse qui lui vrillait les nerfs.

Son bourreau se pencha presque à la toucher. Elle put sentit son haleine qui empestait le tabac. Lestelle crut qu'il allait l'embrasser et tourna la tête pour l'éviter.

—Allons, allons, chère Sophie, tu ne vas pas craquer maintenant alors que nous avons tant de choses à nous dire.

Sophie osa lui jeter un coup d'œil, tandis qu'elle se ratatinait comprimée par un mélange de trouille et d'incompréhension.

—Qu'allez… qu'allez-vous faire de moi ? hésita-t-elle.

—Ça dépendra de tes réponses.

—Mais…

L'homme se releva et commença à arpenter la pièce lentement, en prenant soin d'éviter les débris. Il commença alors un discours que Sophie eut beaucoup de mal à comprendre :

—Je vais t'expliquer quelque chose que tu n'imagines même pas. Tu vois, Sophie, ma vie est globalement foutue, par ta faute. Je n'aurais pas dû vivre, mais quelqu'un en a décidé autrement. C'est peut-être toi… Mais peut-être pas ! Il va falloir que tu me le dises. Sinon…

Il pointa son pistolet vers Sophie et fit mine de tirer, achevant de déstabiliser sa prisonnière.

—Pan ! Pan ! poursuivit-il à voix basse. C'est ça que tu veux ?

Sophie réagit en tournant rapidement la tête de droite à gauche, son regard affichant un désarroi immense.

—Je vois ! Tu ne veux pas mourir. Mais pour moi, c'est différent. Je suis déjà mort parce que je n'existe pas… Tu comprends ça : JE N'EXISTE PAS, insista l'homme de plus en plus déterminé.

—Je… je… je ne comprends pas.

Le lascar releva la tête, affichant un regard de haine, la bouche ouverte, les dents en avant comme s'il allait mordre. Une bête en chasse…

—Fais attention à ce que je te dis ! Sinon je vais me fâcher… Et ce sera dommage pour toi. Vraiment très dommage ! Et je déteste me fâcher… Tu comprends ça, hein !

Sophie acquiesça lentement en lâchant quelques larmes…

—Et voilà que madame pleure… C'est pas vrai… Tu vas m'écouter sans gémir, hurla l'individu.

—Oui, oui… gémit Sophie.

—Alors réponds à cette question : quel est mon nom ?

Lestelle ouvrit des yeux frappés d'étonnement et d'incrédulité.

—Alors, cette réponse ?

—Je… je ne sais pas.

—Mais si, tu le sais très bien.

—Non, non… je vous assure…

L'homme leva la main qui tenait son arme pour la frapper. Il se retint dans un rictus de violence étouffée.

—Alors, je vais te le dire…

Il coinça son pistolet dans son jean, se courba et saisit sa prisonnière par les épaules. Il fixa son désespoir et commença à la secouer méthodiquement puis lâcha comme pour la blesser avec sadisme :

— Je suis Ludovic ! Tu as bien compris, je m'appelle LU-DO-VIC !

Sophie ressentit une violente pression dans tout son corps tandis que ses yeux affichaient une terreur extrême. Son gardien la relâcha légèrement et elle perdit connaissance…

Dans la Citroën

Resté seul, l'adolescent faisait le point de sa situation. Entravé comme il l'était, ses marges de manœuvre étaient plus que limitées. Seul bon point, le conducteur avait laissé les codes allumés ce qui lui permettait de découvrir *a minima*, son environnement. Il vérifia très vite en frottant ses fesses contre le bord de la banquette que son kidnappeur n'avait pas pris le temps de le fouiller pour récupérer le portable de sa mère. Au moins, s'il parvenait à se libérer, il pouvait appeler Kaspar…

Cependant, restait à faire le plus difficile : retrouver suffisamment de mobilité pour tenter de se libérer. Et la sangle qui lui attachait les poignets était particulièrement serrée au point de lui entailler les chairs. En réfléchissant, il ne trouva pas d'autre solution que d'essayer de ronger son lien avec les dents, pourvu qu'il parvienne à l'atteindre avec sa bouche.

À force de contorsions dans le petit espace qui lui était dévolu, il réussit à se rapprocher de la portière, mais sa position très inconfortable ne lui permettait pas d'atteindre la lanière. Pour y parvenir, il lui fallait réaliser un demi-tour et si possible, remonter sur le siège. Dans sa situation, l'exercice était plus compliqué qu'il n'en avait l'air. Et ses poignets commençaient à saigner plus qu'il ne l'aurait voulu, accélérant la montée d'une panique insidieuse dans tout son être.

Furieux d'être ainsi rendu impuissant, il se dandina autant qu'il le put en appuyant ses pieds contre l'autre portière et dans un effort démesuré, il réussit à se rétablir sur la banquette. Le sang qui s'écoulait goutte à goutte, l'inquiéta un peu plus.

Angoissé à l'idée que sa mère soit dans une situation pire que la sienne, Ludovic s'arc-bouta autant qu'il le put pour tenter d'approcher les dents de son entrave. Dans un dernier sursaut, il se tracta par la force des bras sans toutefois pouvoir se maintenir avec ses mains. Il sentit le plastique pénétrer un peu plus dans ses chairs, lui arrachant un hurlement de douleur. Malgré la vie chaude qui s'écoulait de ses plaies, il s'aperçut qu'il pouvait commencer à ronger son attache. Au premier coup de dent, la difficulté de la tâche lui fit craindre le pire.

Le sang qui envahissait sa bouche lui fit comprendre qu'il n'avait pas d'autre choix.

Ce n'était qu'une question de temps.

Domicile de Sophie Lestelle

Kaspar s'était installé au volant de sa Peugeot et conduisait, songeur. Il n'était pas pressé d'arriver à destination. Au fond de lui, il retournait en boucle la teneur du discours qu'il devait tenir face à Sophie. Et malgré lui, il craignait de la décevoir ou pire qu'elle se fâche, en provoquant un enchaînement de situations qui ne pouvait que dégénérer. Kaspar se jura à lui-même qu'il resterait sage en maîtrisant toute son agressivité. Plus facile à dire qu'à faire surtout en situation de stress.

Il alluma la radio pour se vider la tête et choisit RTL2, en espérant que le programme musical soit accrocheur. Malgré la lenteur avec laquelle la voiture approchait de l'adresse finale, il s'aperçut qu'il était arrivé. Peu sûr de lui, il s'arrêta assez loin de l'entrée de la résidence de Sophie. Derrière la vitre, il tenta d'observer des mouvements particuliers. Puis il sortit et referma sa portière. Il s'appuya contre la voiture, chercha ses cigarettes, en attrapa une, et l'alluma. En laissant la fumée ressortir lentement par ses narines, son cerveau cogitait intensément. Il n'était pas encore certain des mots qu'il devait choisir, mais il était à peu près sûr qu'il avait apprécié toutes les hypothèses qui risquaient de se présenter. *A priori*, tout devrait bien se passer.

Sa cigarette terminée, Kaspar jeta le mégot, remonta dans la voiture et relança le moteur qu'il n'avait pas arrêté. Une minute plus tard, il gara la Peugeot sur un emplacement destiné aux visiteurs. Debout sur le parking, une fois le véhicule verrouillé, il leva la tête en direction de l'appartement de son ancienne maîtresse. À sa grande surprise, le commissaire s'aperçut qu'il n'y avait pas de lumière… Un peu inquiet, il espérait trouver Sophie et Ludovic. Au moins, ensemble, tous les non-dits pourraient sauter avant d'entamer une vie différente et plus sereine. Du moins, il l'espérait.

Parvenu devant le logement, il appuya sur la sonnette. Quinze secondes s'écoulèrent sans qu'il entende le moindre mouvement. Surpris, il regarda sa montre : 20 heures. « Où sont-ils passés ? À cette heure, tous les deux devraient être là », pensa-t-il. Par réflexe, Kaspar appuya sur la poignée et avec une stupeur non feinte, il vit que la porte s'ouvrait. Son sang ne fit qu'un tour et machinalement, il se saisit de son Glock, puis poussa le battant du bout du pied. La lumière de l'entrée laissa son ombre envahir le petit couloir de l'appartement étrangement silencieux. Kaspar chercha le commutateur et alluma. Le vide lui répondit en écho. Le commissaire tenta d'appeler le prénom de sa maîtresse. Sans résultat…

De plus en plus inquiet, il s'enfonça dans le silence, pas très tranquille, parvint à l'entrée du salon et éclaira les lieux. Un certain désordre régnait qui ne lui inspirait rien de bon. Très vite, il découvrit les restes du téléphone portable de Ludovic qui avait été explosé, vraisemblablement à coups de pied. Le commissaire s'accroupit et fit mine de trier les morceaux du Smartphone. Il resta dans sa position inconfortable un long moment, en tentant de découvrir un indice qui pouvait lui donner quelques indications sur les événements qui s'étaient déroulés avant son arrivée.

Lentement, il baissa la tête et parcourut des yeux le sol sur toute sa surface.

Brusquement, son regard se figea sur la lanière en plastique, si semblable à celles qu'ils utilisaient à la brigade. Son sang ne fit qu'un tour.

Instantanément, il comprit et lâcha un «Nom de Dieu», chargé de détresse et d'inquiétude.

Le cœur tapant dans sa poitrine comme un dératé, Kaspar se saisit de son portable et appela l'inspecteur Védric. Vingt secondes de tonalité. Le commissaire se mit à piaffer d'impatience. Décrochage. Soulagement. Avant que le policier n'ait prononcé un seul mot, Kaspar hurla :

—Védric ! Grouille-toi ! Récupère ton équipier et rapplique chez Sophie Lestelle. Elle a été enlevée... avec mon fils ! Je t'attends...

Kaspar remonta le col de son manteau et soupira. Il venait de reconnaître que Ludovic était son fils.

Un instant plus tard, une cigarette se consumait entre ses lèvres...

Sur le chemin de l'usine désaffectée

Une demi-heure pour retrouver sa liberté.

À peine eut-il réussi à rompre la sangle, qu'il s'assit sur la banquette et attrapa le portable dans la poche arrière de son pantalon. Heureusement qu'il connaissait le code de déverrouillage du téléphone. En quelques instants, le numéro du commissaire s'afficha dans la liste des contacts de sa mère. Lancement de l'appel. Décrochage. À peine la communication fut-elle établie qu'il hurla :

—Dépêchez-vous, maman est en danger…

Surpris, le commissaire tenta de le calmer :

—Ludovic, il faut que tu sois précis. Je ne peux rien faire si tu ne me dis pas où vous vous trouvez…

—J'ai peur…

—Je sais. On va venir très vite. Où te trouves-tu ?

—Dans la voiture du type, sur le chemin de l'usine abandonnée.

—Laquelle ?

—Celle à côté de la forêt.

—L'usine de tuiles ?

—J'sais pas. C'est où la grille est défoncée.

—Y a-t-il une cheminée, assez haute, s'inquiéta Kaspar.

—Euh… Je crois… Il fait nuit. J'vois pas bien.

—Il faut que tu sois sûr…

Ludovic sortit de la voiture et tenta d'apercevoir cette partie de la construction.

—Oui… Il y a une cheminée.

—Parfait… On arrive. Quant à toi, mets-toi à l'abri. Peux-tu te cacher ?

—Non… Mais, je peux m'enfermer dans la voiture.

—Fais-le ! Dépêche-toi. On sera là dans moins d'un quart d'heure. Ça va aller ?

Ludovic n'eut pas la possibilité de répondre. Le commissaire avait coupé son téléphone.

Le jeune homme se réinstalla dans la banquette en ayant pris soin de boucler les portières de l'intérieur. Exténué, il s'allongea sur la banquette, épongea sa transpiration et tenta d'essuyer le sang qui avait commencé à coaguler sur ses poignets. Le résultat inverse ne se fit pas attendre, et bientôt, son visage fut couvert de traces de sang. Dans sa main gauche, il maintenait précieusement le téléphone portable de sa mère. Au fond de lui, une sorte de peur insidieuse le rongeait et le visage de sa mère lui apparut tel un fantôme.

Que devenait-elle ? Malgré lui, Ludovic ne parvenait pas à se rassurer sur le sort de Sophie. Quelque part dans son inconscient, il aurait voulu essayer de l'aider. Comment faire ? Il n'était ni superman ni flic, et il ne connaissait rien aux arts martiaux... Et la nuit ne lui inspirait qu'angoisse et crainte.

Tandis qu'il réfléchissait en espérant un appel de la police pour le rassurer, des lumières bleues s'approchèrent et traversèrent l'habitacle selon un rythme saccadé. Sans réfléchir, il se précipita au-dehors de la voiture et vit trois hommes qui se préparaient en vérifiant leurs armes. Ludovic resta muet de bonheur, tout en affichant un énorme sourire. Un homme plus vieux que les autres, s'approcha de lui, un gros blouson en cuir avec un col de fourrure ouvert, laissant apparaître une arme glissée dans un holster. L'adolescent reconnut le commissaire.

—Ludovic... Dis donc, t'as l'air blessé. C'est quoi, ce sang?

—Rien. C'est juste mes mains. Enfin, ce n'est pas grave, répondit-il en montrant ses poignets abîmés.

—OK. Ça ira?

—Oui.

—Parfait. Je suis le commissaire Kaspar.

—Je sais.

Le flic lui sourit.

—Où sont-ils?

—Je ne sais pas. Là-bas! répliqua Ludovic en désignant l'usine presque invisible dans l'obscurité.

—Merci. Tu ne bouges pas d'ici. Tu m'as compris?

L'adolescent acquiesça de la tête sans rien dire.

En quelques instants, les trois policiers se définirent leur rôle et partirent dans diverses directions. Kaspar et Védric convinrent d'entrer par l'accès central.

Leurs armes à bout de bras, en direction du sol, ils avancèrent en multipliant les précautions, faute de bénéficier d'un éclairage suffisant. Seules leurs Maglite respectives leur permettaient de découvrir les espaces qu'ils devaient parcourir, dépourvus d'abris pour se protéger en cas de coups durs. Le commissaire avait l'impression qu'avec son équipier, ils approchaient du cœur de l'usine. Régulièrement, ils se regardaient et se faisaient des signes avant de progresser. Surtout le silence était de rigueur pour ne pas prévenir le ravisseur de leur avancée. Quelque part au fond de son cerveau, Kaspar ressentait une inquiétude viscérale sur le sort de Sophie. Que devenait-elle ? Était-elle blessée ? Ce dingue ne l'avait-il pas torturée ? Autant de questions auxquelles il avait hâte d'apporter une réponse précise.

Soudain, un claquement sec retentit. Le bruit provenait des voitures. Le commissaire regarda Védric et un trait d'inquiétude les accrocha. Aussitôt, ils firent demi-tour et au mépris de toute précaution, revinrent sur leur pas en courant. En débouchant de l'usine, Kaspar s'arrêta net et bloqua l'inspecteur qui le suivait.

Il rangea son arme et plaça ses mains en avant comme pour calmer l'individu agité qui lui faisait face.

À quelque distance, un homme au crâne rasé, portant des lunettes sombres, affichant des tatouages sur ses bras, tenait par les épaules Sophie Lestelle. Il lui braquait sur la tempe le canon de son pistolet. Kaspar observa que son ancienne maîtresse était prête à défaillir. Décoiffée, le nez en sang, ses yeux semblaient amorphes en affichant une détresse immense. Son fils était plaqué sur le capot de la Citroën, apparemment inconscient. Le commissaire chercha des yeux le troisième policier qui l'avait accompagné.

— Personne ne viendra plus, commença l'individu.

— Que leur avez-vous fait ?

— Moi… Rien ! répondit-il en éclatant de rire. De toute façon, c'est ta faute.

— Calmez-vous ! Le GIGN ne va pas tarder. Vous feriez mieux de vous rendre et de déposer cette arme.

— Bah, justement ! Plus on est de fous, plus on rit ! N'est-ce pas ?

—Qu'as-tu fait au gosse ? interrogea le commissaire en utilisant également le tutoiement.

—Il a juste pris une baffe. Il n'avait qu'à pas se libérer.

—Ce qui l'a assommé ?

—Peut-être ! Faut dire que j'ai frappé avec l'arme dans la main. C'est sûr, ça peut faire mal.

—Salaud !

—Holà ! Doucement…

—Et ce coup de feu ?

—C'est ton flic qui a encaissé.

—Où est-il ?

—Là-bas, dans un buisson.

—Mort ?

—J'sais pas. Faudra vérifier.

—Fumier. Tu n'es qu'une ordure. Que veux-tu donc ?

—Oh, c'est simple…

—Alors ?

—Je veux que la société me redonne enfin mon identité. Celle à laquelle j'ai droit. Celle que j'aurais dû toujours avoir depuis ma naissance, mais que l'on m'a confisquée pendant toutes ces années. Ensuite, je veux du fric. En guise de réparation ! Pour me casser et finir ma vie, au chaud, n'importe où, en dehors de ce pays de merde.

—Mais c'est impossible. Et d'abord qui es-tu ?

—Tu le sais, monsieur le policier. Tu le sais, mais je vais te le dire : je suis le fils de cette dame. Le fils prodigue, abandonné dans un couvent. Qui a eu la bonne idée de s'échapper à l'étranger et qui depuis près de vingt ans, recherche ses parents et souhaite que la société française lui redonne sa dignité.

—Mais… comment vivre sans identité ?

—Pas très compliqué en Angleterre, pourvu que tu ne cherches pas trop à travailler et à demander des aides en menue monnaie. Et quand tu sais où trouver de l'argent facile, on survit. Idem, dans certains pays assez corruptibles… Mais aujourd'hui, je veux exister !

Sophie semblait fatiguée et mal à l'aise. Cette discussion paraissait la meurtrir. Ses yeux trahissaient une frayeur sourde.

—Toi, ma mère, tu ne bouges pas.

En entendant ces paroles, Sophie se crispa. Son malaise s'affichait sur son visage couvert d'ecchymoses.

—Que vas-tu faire d'elle ?

—Elle me l'a finalement avoué. Ça a pris un peu de temps. C'est qu'elle voulait pas causer, la garce ! Bon, enfin, elle m'a parlé... Elle m'a fait donner un prénom. C'est donc qu'elle m'a reconnu. On a tellement de choses à faire ensemble, de temps à rattraper, d'histoires à se raconter. Je vais l'emmener avec moi et on apprendra à se connaître... Comme un fils avec sa mère. Cela va de soi, non ?

—Et pourquoi as-tu voulu t'accaparer ce film ? poursuivit Kaspar.

—J'ai appris par hasard qu'il avait été tourné par mon père... Je ne sais pas pourquoi. Peut-être parce qu'il voulait avoir la preuve de ma disparition, puisque je n'étais qu'une horreur, un intrus, né d'un inceste entre cette femme et son propre père. Tu te rends compte... Je dois être une tare, ou un vrai taré ! À toi de choisir... Mais je voulais être sûr d'avoir été jeté dans un sac... Comme une merde !

Le commissaire resta muet en écoutant ce récit aussi brutal qu'absurde... Il aurait voulu le gifler.

Lestelle avait entendu également cette histoire qu'elle connaissait mais qu'elle avait voulu enfouir au plus profond de son cerveau. Pour oublier. Elle vacilla. L'individu dut la serrer contre lui. Sa prisonnière était proche de l'étourdissement et elle dut s'appuyer en retour contre son ravisseur pour ne pas tomber. Sophie le gêna et dans un mouvement rapide, il fit glisser ses jambes sur l'herbe humide afin de la coincer debout, contre la voiture des flics. Kaspar estimait qu'il fallait intervenir mais la vie de l'otage était en jeu. Il fit un signe léger à Védric pour qu'il recule suffisamment. Ce dernier comprit et très lentement s'éloigna jusqu'à se faire oublier. Bientôt, l'obscurité pourrait l'avaler. De son côté, le commissaire s'efforça de maintenir le dialogue pour gagner le plus de temps possible.

—Et puis-je savoir quel prénom elle t'a donné ?

—Humm ! sourit le crâne rasé. Qu'est-ce que ça peut te faire ?

—Histoire de savoir, si je dois enquêter sur tes origines. Pour tenter de te faire exister aux yeux de la loi…

—Comme tu voudras : je m'appelle Ludovic.

Kaspar sentit une contraction dans la poitrine. Il observa Sophie. Elle semblait lessivée, lasse, incapable de réagir. Sa souffrance devait être terrible. Il espérait que son cerveau ne serait pas trop amoché par toutes ces violences verbales.

Soudain, le gamin plaqué sur le capot de la seconde voiture commença à reprendre ses esprits et tenta de se redresser. Le ravisseur écarta alors sa main armée pour le neutraliser à nouveau. Il n'en fallut pas plus pour Védric qui ajusta l'homme. Il fit feu une seule fois. La balle frappa Ludovic au crâne rasé en pleine poitrine. Sous le choc, il fit un pas en arrière et se trouva bloqué par le véhicule. Il lâcha sa prisonnière qui s'effondra sur le chemin. Le regard du ravisseur trahissait une peur panique tandis que son tee-shirt rougissait de plus en plus. Un gargouillis de sang apparut entre ses lèvres. Son arme lui échappa de la main et de l'autre il esquissa un geste pour se tenir la poitrine. Dans un dernier effort, il se laissa choir sans avoir pu réagir.

Védric s'approcha lentement du blessé qui agonisait. D'un coup de pied, il écarta le pistolet et continua de le maintenir en joue. Le commissaire s'approcha à son tour et s'agenouilla à côté de Sophie. Celle-ci lui porta un regard hagard. Embarrassé, Kaspar prit sa maîtresse dans ses bras et glissa sa tête dans le coin de son épaule. Comme pour la consoler. Lentement, il lui caressa le visage.

Le second fils de Sophie réussit à se relever. Il s'approcha difficilement du couple au sol en titubant. Incapable de se baisser, il resta immobile et semblait proche de l'évanouissement. Le commissaire leva la tête et vit que celle du Ludovic qu'il connaissait, n'était qu'une énorme blessure. Au premier coup d'œil, Kaspar constata qu'il avait plusieurs dents cassées et le nez éclaté. Il affichait une tête de zombi repoussante. En restant silencieux.

Pensif, Christian afficha un sourire. Puis, il glissa son autre bras sous les genoux de Sophie et lui demanda de s'accrocher à son cou. Dans un effort, il leva sa maîtresse et la pressa contre lui. Il regarda Ludovic et lui fit un signe de tête, avant d'ajouter :

—Allez, viens fiston, on rentre à la maison…

Note de l'auteur

Je me suis très librement inspiré pour écrire cette nouvelle de la diffusion d'un documentaire concernant la rééducation de jeunes filles mises au ban de la société pour les empêcher de basculer dans la délinquance ou la prostitution, et en faire des mères de famille.

Une nouvelle fois, grâce à mon épouse. Qu'elle en soit ici remerciée.

Composition :
Soft Office – 5, rue Irène Joliot-Curie – 38320 Eybens

Achevé d'imprimer
à Noyelles sous Lens
pour le compte de France Loisirs,
123, bd de Grenelle
75015 PARIS

Imprimé en France
Dépôt légal : mai 2014
N° d'édition : 77915